KB074843

고양이 식당,
행복을 요리합니다

Original Japanese title: CHIBINEKOTEI NO OMOIDEGOHAN: Mikeneko to
Kinou no Curry
Text © Yuta Takahashi 2020
Original Japanese edition published by Kobunsha Co., Ltd.
Korean translation rights arranged with Kobunsha Co., Ltd.
through The English Agency (Japan) Ltd. and Danny Hong Agency

고양이 식당, 행복을 요리합니다

다카하시 유타 지음 윤은혜 옮김

일러두기
1. 모든 각주는 옮긴이 주입니다.
2. 내용 특성상 일본어 표현을 일부 살렸습니다.

차 례

고양이 식당,
(행복)을 요리합니다

첫 번째 추억

검은 고양이와
두부 된장 절임

고이토자이라이®

지바현 기미쓰시 유역에서 전통적으로 재배해 온 재래종 대두.
단바구로* 못지않은 최고 수준의 단맛을 자랑하며, 아린 맛이 거의 없
는 순수한 맛과 은은한 향기도 특징이다. 시장에서는 '자마메** 보다
나은 맛'이라는 평가를 받고 있다.***

* 일본 효고현 단바 지방에서 재배되어 온 검은콩의 품종을 뜻한다. 알이 굵고 맛이
좋은 것으로 유명하며 그만큼 가격도 비싼 고급 품종이다.

** 니가타현을 중심으로 그 인근의 호쿠리쿠, 도호쿠 지방에서 주로 재배되는 전국
적으로 유명한 대두 품종으로, 향이 좋고 단맛이 강한 것으로 유명하다.

*** 출처: 고이토자이라이 애호 클럽 사무국·JA기미쓰 영농과 홈페이지

내 이름은 하야카와 나기. 돌아가신 엄마가 붙여주신 이름이다.

　몸이 약했던 탓에 수영은 엄두도 못 냈으면서, 아이에게 '나기'*라는 이름을 붙여줄 정도로 엄마는 바다를 좋아했다. 엄마는 입버릇처럼 말하곤 했다.

　"파도 소리를 듣고 있으면 마음이 차분해지거든."

　인생의 마지막 시간을 보낸 병원도 바다 근처를 골랐다. 지바현에 있는 큰 병원이다. 15년 전, 엄마는 바다가 보이는 병실에서 숨을 거두었다. 파도 소리를 들으며 죽음을 맞았다. 내가 다섯 살 때의 일이다.

* 바람이 멎고 파도가 잔잔해진다는 의미.

언젠가 나도 그 병원에 입원하게 될 것이다. 엄마와 마찬가지로, 파도 소리를 들으면서 죽음을 맞이할 미래가 나를 기다리고 있다.

나도 심각한 병을 앓고 있다. 치료할 방법을 찾아내지 못해 남은 수명은 5년 정도라는 선고를 받았다. 아직 스무 살밖에 되지 않았는데, 죽게 된다고 한다.

"어쩜 이렇게 운이 없을까……."

일부러 가볍게 입에 올려봤지만, 기분은 편해지지 않았다. 어떤 말로 표현한다 해도 편해질 리가 없다.

시한부 선고를 받고서 여러 가지 생각을 했다. 앞으로 5년밖에 살 수 없다는 의사의 말을 듣고 나니 생각할 게 많았다.

입원하는 것이 의미가 있을까?

죽을 거라는 것을 알면서, 살아 있는 의미가 있을까?

애초에 태어난 것에 의미가 있을까?

내 운명은 대체 언제 정해진 것일까?

병에 걸리지 않고 지나갈 수도 있었을까?

아니면 태어난 순간 이렇게 되리라고 결정되어 있었

던 걸까?

어째서 나만 이렇게 죽어야 하는 걸까?

아무리 생각해도 알 수 없었다. 답은 찾지 못한 채, 그저 살아 있는 시간만 줄어갔다. 그렇다, 내 수명은 얼마 남지 않았다. 죽음이 다가오고 있다.

12월의 어느 아침, 나기는 바닷가 마을을 찾아왔다. 병원이 아니라 바닷가에 있는 식당에 가기 위해서였다.

처음 가보는 곳이지만, 길은 대충 알고 있다. 설명 들었던 대로 역에서 택시를 탔다.

바다로 이어진 길은 한산했다. 강을 따라 난 도로를 쭉 따라가다 보니 도쿄만이 보였다.

"여기에서 세워주세요."

운전기사에게 말해 택시에서 내리고, 요금을 지불했다. 그대로 걸어가자 모래 해변에 도착했다. 바다와 하늘이 보였지만, 파랗지는 않았다. 아주 오래된 영화처럼, 흑백으로 보였다. 세계가 온통 흰색과 검은색으로만 이루어져 있다.

경치가 이상한 것은 아니다. 이상한 것은 바로 나기의 눈이다. 온 세상이 흑백으로만 보이는 눈. 하늘도 바다도, 여기에 오기까지 눈에 들어온 건물도 사람도, 보이는 모든 것이 색을 잃었다. 나기는 흑백의 세계에서 살고 있다.

태어날 때부터 그랬던 것은 아니다. 그 선고를 받은 순간부터다.

시한부 5년.

겨우 다섯 글자. 무거운 말이지만 다섯 글자에 불과하다. 그 짤막한 단어가, 나기의 존재 그 자체를 부정하려고 한다.

이 병을 앓게 된 지는 오래된 것 같으면서도 아직 3년밖에 되지 않았다. 열일곱에 발작이 일어났다. 고등학교 때 도서관에서 책을 읽고 있었는데, 갑자기 숨이 답답해지면서 쓰러졌다. 가슴이 찢어질 듯이 아파서 숨을 쉴 수가 없었다.

누군가가 구급차를 불러주었고, 병원으로 실려 갔다. 폐와 심장에서 심각한 병이 발견되었다. 수술을 받고 간신히 목숨을 건졌지만, 그길로 입원 생활이 시작되었다.

대학 입시도 치르지 못하고, 여러 번의 수술을 받았다. 그때마다 몸에 상처만 늘어날 뿐, 병은 낫지 않았다.

하지만 현대의 의학 기술은 발전하고 있다. 병을 낫게 하지는 못했지만, 남은 수명을 예측하는 것은 가능했다. 스무 살이 되었을 때, 스물다섯까지밖에 살 수 없다는 선고를 받았다.

시한부 5년.

그 말을 먼저 들은 것은 아버지였다. 가족의 시한부 선고를 듣는 것이 그에게는 두 번째 경험이었다. 나기는 아마도 아버지가 생각하고 있었을 말을 중얼거렸다.

"엄마랑 똑같네……."

벌써 20년 전의 일이다. 나기의 엄마도 시한부 5년이라는 선고를 받았고, 딱 5년째에 죽었다. 나기와는 다른 병이었지만, 역시 폐와 심장이 약했다. 그것이 나기의 병과 관계가 있는지는 알 수 없다.

알 수 있는 것은 딱 한 가지.

나기는 앞으로 5년 뒤에 죽는다.

단지 그것뿐이다.

12월치고는 따뜻한 날씨다. 햇볕은 따사롭고, 바닷바람이 기분 좋게 불어왔다. 어둠은 온데간데없고, 소독약 냄새도 나지 않는다. 튜브를 매달고 병원 침대에 누워 있었던 것이 거짓말 같다. 마치 악몽을 꾸다가 깨어난 기분이다.

그렇지만 안타깝게도 거짓말도 꿈도 아니다. 온몸에 수술 자국이 남아 있다. 지금은 퇴원한 상태지만, 일시적인 것에 불과하다. 다시 발작을 일으키면 엄마가 최후를 보낸 병원에 들어가기로 되어 있다. 거기에서 나기는 죽게 될 것이다.

죽음을 생각하면 몸이 떨려왔다.

무섭다.

죽고 싶지 않다.

도망치고 싶지만, 갈 수 있는 곳이 아무데도 없다. 죽음은 어디로 가든 따라온다. 1초가 지날 때마다 더 가까이 다가온다.

이런 괴로움에서 구해줄 수 있는 사람은 아마 엄마밖에 없을 것이다. 세상을 떠난 엄마를 만나서 이야기를 하고 싶었다.

엄마, 어디 있어요?

저세상이란 어떤 곳이죠?

죽고 나면 정말로 더 이상 괴롭지 않나요?

정말로 아픔도 슬픔도 없이 지낼 수 있나요?

엄마, 그거 알아요?

나도 곧 가게 될 것 같아요.

이제 곧 죽는대요.

아무도 없는 모래 해변을 걸으며 중얼거렸다. 대답은 들리지 않는다. 하지만 그 식당에 가면, 죽은 엄마와 이야기를 나눌 수 있을 것이다.

묵묵히 걸어가자 조개껍데기가 깔린 오솔길이 보였다. 그 길 끝에 고즈넉한 2층 건물이 있다. 파란 벽이라고 했지만, 나기에게는 회색으로 보인다. 가까이 다가가자, 젊은 남자의 목소리가 들려왔다.

"대체 어디를 통해서 밖으로 나가는 겁니까? 밖에 나가면 안 된다고 몇 번이나 말하지 않았습니까? 말로 해서 못 알아들으면 우리에 넣고 잠가 버릴 겁니다. 그럼 집안에서도 돌아다니지 못하게 된단 말입니다."

타이르는 말투지만, 상당히 위험한 발언이다. 우리에 넣고 잠가 버리겠다니, 누구를 가두려 하는 걸까?

그쪽을 바라보자, 안경을 쓴 청년이 쪼그려 앉아 있었다. 이 청년의 목소리였던 모양인데, 혼자뿐이다. 바로 옆에, 간판 대신인 듯한 칠판이 하나 세워져 있고 분필로 쓴 글씨가 보였다.

고양이 식당
추억 밥상을 차려 드립니다.

나기가 예약한 식당이다. 헤매지 않고 무사히 도착한 모양이다. 나기는 한숨 돌렸다. 단지 그 칠판에는 영업시간도, 자세한 메뉴도 쓰여 있지 않고, 주의사항만이 한 줄 덧붙여져 있었다.

이 식당에는 고양이가 있습니다.

마찬가지로 분필로 조그만 고양이 그림이 그려져 있다. 그렇게 잘 그리지는 못했지만, 온기가 느껴지는 그림이었다.

청년이 쪼그려 앉아 있는 이유도 알았다.

"냐아아."

그림자에 몸을 숨기고 있는 데다 너무 작아서 보이지 않았지만, 칠판 옆에 고양이가 있었다. 손바닥에 올릴 수 있을 정도의 작은 고양이다.

"어머, 귀여워라."

무심결에 소리 내어 말하자, 청년이 이쪽을 보았다. 나기가 온 것을 알아챘는지, 당황한 모습으로 일어서서 정중하게 머리를 숙여 인사했다.

"저런, 실례했습니다. 저는 고양이 식당의 후쿠치 가이입니다."

그렇게 자기소개를 했다. 나기보다 서너 살 많을까? 도시의 세련된 카페에서 일할 것 같은 용모였다.

식당을 잘못 찾아왔나?

그렇게 생각한 것은 이 청년, 후쿠치 가이의 용모가 너무 훤칠한 탓에 '죽음'이라는 단어와 어울리지 않았기 때문이다. 고양이 식당이라는 이름의 식당이 그렇게 많을 것 같지는 않지만, 죽은 사람을 만나게 해준다는 식당에서 일하는 사람으로는 보이지 않았다.

하지만 잘못 찾아오지는 않은 것 같다. 제대로 목적지에 도착했다. 가이가 먼저 물어온 것이다.

"하야카와 나기 님이시지요?"

"아…… 네."

고개를 끄덕이자 가이가 그 말을 입에 올렸다.

"추억 밥상을 예약해 주셔서 감사합니다."

나기가 다섯 살 때의 일이다. 엄마가 발작을 일으키고 쓰러져, 구급차로 병원에 실려갔다.

엄마가 이렇게 병원에 실려가는 것은 처음 있는 일이 아니었다. 이미 몇 번이나 겪은 발작이었다. 입원과 퇴원을 여러 번 반복했다. 하지만 그때만큼은 지금까지와 양상이 달랐다. 아무리 시간이 지나도 엄마는 집에 돌아오지 않았고, 나기는 아버지와 함께 다 세지 못할 정도로, 여러 번 병문안을 갔다.

병원에 간다고 해서 그때마다 엄마를 만날 수 있었던 것은 아니다. 약을 먹고 잠들어 있기도 했고, 의사가 면회를 금지하는 경우도 있었다. 그래도 그만두지 않고 계속 엄마를 만나러 갔다. 엄마가 보고 싶었기 때문이다.

그러던 어느 날, 병문안을 가기 전에 현관을 나서며 아버지가 이렇게 말했다.

"오늘은 엄마와 꼭 제대로 이야기를 해야 해."

그 얼굴은 진지했고, 눈에는 눈물이 고여 있었다. 나기는 무서워져서 아버지의 눈물을 보고 덩달아 울고 말았다. 어른이 된 지금도, 눈물에 번져 보였던 아버지의 얼굴이 기억난다.

이렇게 말하면 그 오래된 일을 잘도 기억하네 싶겠지만, 잊어버린 것도 많다. 이를테면 병원으로 가는 동안에 아버지와 무슨 이야기를 나눴는지는 기억하고 있지 않다. 그 부분만은 잘라낸 듯이 기억에 없다. 그 다음 기억은 엄마의 침대 옆에 서 있는 장면이다.

나기는 몸에 튜브를 잔뜩 매달고, 산소호흡기를 쓴 엄마와 단둘이 있었다. 아버지도 분명 함께 왔을 텐데, 모습이 보이지 않았다.

엄마는 호스피스 병동의 개인 병실 침대에 잠들어 있었다. 괴로워하지 않도록 진정제를 투여해 잠들게 했다고 한다.

아버지가 "제대로 이야기를 해야 한다"라고 말했지만, 잠들어 있으면 이야기를 나눌 수가 없다. 앉을 기분도 들지 않아서 인공호흡기 소리가 들리는 침대 옆에 서 있었다.

병실에 텔레비전이 있었지만, 보고 있을 만한 상황이 아니다. 다만 커튼이 열려 있어서 창밖을 바라볼 수 있었다.

바다가 있다. 어떤 할아버지와 할머니가 모래 해변을 천천히 걸어가고 있다. 사이 좋은 부부인 것 같다. 할머니는 때때로 멈춰 서서, 바닷가 풍경을 바라보며 쉬어 갔다. 이 병원에 입원해 있는 환자인지도 모른다. 할아버지가 걱정스럽게 그 옆을 지키고 있다.

문득 모래 해변을 걸어보고 싶어졌다. 그때였다. 갑자기 누군가가 이름을 불렀다.

"……나기야."

엄마의 목소리였다. 서둘러 그쪽을 바라보자, 잠들어 있던 엄마가 눈을 뜨고 있었다. 그것만이 아니다. 어찌된 일인지, 산소호흡기를 벗고 있었다.

튜브를 매달고 있기는 했지만, 묶여 있는 것은 아니

니까 산소호흡기를 벗는 것 정도는 가능하다. 거추장스
럽다며 멋대로 벗어버리는 환자도 있다고 하지만, 당연
히 그래서는 안 된다. 산소호흡기가 벗겨졌을 때는 간호
사를 부르라고 했다.

"버, 벗으면 안 되는데."

나기는 간호사를 부르는 호출 벨을 눌렀다. 하지만
소리가 나지 않았다. 누군가가 달려오는 기척도 없다. 고
장이 난 모양이다.

어떡하지.

엄마가 죽어버릴 텐데.

공포에 질린 나머지 비명을 지를 뻔했다. 그런 나기
를 진정시킨 것은 침대에 누워 있는 엄마의 목소리였다.

"괜찮아. 죽는 거 아니니까, 울지 않아도 돼."

"……정말?"

"응. 정말. 아직 안 죽어. 조금이지만 시간이 남아 있
으니까."

이제 조금밖에 살지 못한다는 뜻인데, 나기는 그것도
모른 채 마음을 놓았다. 정말 괜찮나 보다 하고 생각한
것이다.

나기가 무슨 말을 꺼내기 전에, 엄마가 먼저 물었다.

"엄마랑 이야기하려고 와줬구나?"

계속 병원에 누워 있었을 텐데, 아버지가 나기에게 한 말을 알고 있었다. 그때는 신기하다는 생각도 못하고, "응"하고 고개를 끄덕였다. 이상하다는 것을 깨닫지 못했던 것이다.

"그럼 얘기를 좀 할까? 의자에 앉으렴."

"응."

나기는 한 번 더 고개를 끄덕이고, 침대 옆에 놓여 있던 의자에 앉았다. 몸이 푹 파묻힐 정도로 커다란 의자였다. 엄마가 말을 걸어왔다.

"둘이서 이야기하는 건 오랜만이네."

그럴지도 모른다. 입원하고부터는 엄마와 단둘이 되어 본 적이 없다. 항상 아버지나 간호사가 함께 있었다.

제대로 이야기를 하라는 말을 듣고, 많이 떠들 생각으로 병원에 왔다. 하지만 이렇게 단둘이 남자 무슨 이야기를 하면 좋을지 알 수가 없었다.

나기가 아무 말이 없자, 엄마는 작은 목소리로 이야기를 시작했다.

"너에게 미안하다는 말을 해야겠구나."

"미안하다니, 왜요?"

되묻자 머릿속으로 바로 들려오는 듯한 목소리로 엄마는 말했다.

"함께 있어 주지 못하게 돼서. 나기야, 미안해."

그런 말은 듣고 싶지 않았다. 아직 초등학생도 되지 않은 나기였지만, 엄마가 작별인사를 하려 한다는 것을 알았다. 나기를 혼자 두고 저세상으로 가려고 하는 것이다.

엄마, 죽지 마!

나만 두고 가는 건 싫어!

소리를 지르고 싶었지만, 목소리가 나오지 않는다. 크게 소리를 내기에는 너무 슬펐다. 무슨 말을 하려고 해도, 울음이 방해를 했다. 큰 눈물방울이, 뚝뚝 바닥에 떨어졌다.

"그렇게 울지 마."

"하, 하지만……."

흐느끼면서 간신히 말했다. 하지만 그 이상은 말이 나오지 않았다.

엄마가 다시 말을 시작했다.

엄마를 만나고 싶어지거든, 고양이 식당을 찾아가렴.

선명하게 들려온 말이지만, 의미를 알 수가 없었다.
고양이 식당?
태어나서 처음 듣는 이름이다. 다시 물어보려고 했을
때, 엄마가 가르쳐 주었다.
"바닷가 마을에 있는 식당이야."
엄마는 이 병원이 있는 마을을 그렇게 불렀다. 이 근
처에 있는 식당에 대한 이야기인 모양이다.
"그 식당에는 추억 밥상이란 것이 있어."
"추억 밥상?"
"그래. 그걸 먹으면 죽은 사람과 이야기를 할 수 있단
다."
그것이 마지막 말이었다. 거기까지 말하고 엄마는 천
천히 눈을 감았다. 그리고 다시는 눈을 뜨지 않았다. 엄
마의 얼굴은 잠들어 있는 듯이 보였다.

그리고 아버지와 둘만의 생활이 시작되었다.

슬픔을 마음에 묻고 서로를 보듬으며 살았다. 엄마가 없는 삶은 쓸쓸했지만, 그럭저럭 살아갈 수 있었다. 둘이 함께 식사 준비를 하고, 당번을 정해서 세탁과 청소를 했다. 병에 걸린 뒤에도 나기는 게으름 부리는 법이 없었다.

"나기가 있어서 아빠가 산다."

아버지의 입에서, 그런 말을 여러 번 들었다. 그렇게 서로를 위안 삼으며, 둘이서 살아왔다.

하지만 그런 생활도 끝나가려 한다. 나기의 생이 곧 끝날 것이기 때문이다.

시한부 5년.

집에 머물 수 있는 시간은 그보다도 짧다. 엄마가 그랬던 것처럼, 마지막 며칠은 병원에서 진정제를 맞으며 버티게 될 것이다.

아니, 며칠이 아닐지도 모른다. 증상에 따라서는 몇 달, 어쩌면 1년까지도 입원해야 할지 모른다.

나기에게는 시간이 없었다. 이 세상에 있을 수 있는 시간이, 자유롭게 움직일 수 있는 시간이 조금밖에 남지 않았다.

죽기 전에, 발작을 일으켜서 입원하기 전에, 엄마를 만나러 가야겠다고 생각했다. 살아 있는 동안에 엄마의 말을 듣고 싶었다.

고양이 식당에 가려고 생각한 이유는 또 하나 있다. 시한부 선고를 받기 전인 9월 어느 이른 아침의 일이다. 나기는 가까운 공원에 가려고 집을 나섰다.

큰 벚나무가 있어서 봄에는 꽃 구경을 온 사람들로 번잡하지만, 다른 계절은 한산한 곳이다. 하물며 평일 이른 아침이다. 이 공원은 번화가에서 벗어나 있고, 역으로 향하는 큰길에서도 멀다. 그래서 아무도 없을 거라고 생각했다.

일찍 일어난 게 아니라 반대로 한숨도 자지 못했다. 대학에도 가지 못하고, 취직은커녕 아르바이트도 못하는 자신의 장래를 생각하면, 암울한 기분에 잠이 오지 않았다.

병에 걸리면서 모든 것이 뒤바뀌었다. 학교에 가지 못하게 되면서 친구가 보낸 문자에도 답을 하지 않게 되었다. 병에 대해서 물어보는 것이 싫었기 때문이다.

그러다 보니 이제 아버지와 의사, 간호사 정도밖에 이야기 나눌 상대가 없었다. 아버지도 지금은 나기의 치료비를 벌기 위해서 일에 매달리고 있다.

날 좀 내버려 뒀으면 좋겠다고 생각했으면서, 실현되고 나니 이번엔 외로워졌다. 누군가와 이야기를 나누고 싶어서 견딜 수가 없었다.

집에 있으면 안 좋은 일만 생각하게 된다. 발작도 아닌데 가슴이 답답해졌다. 그것이 싫어서 공원을 찾아왔다. 나기와 이야기를 나눠줄 사람은 없지만, 여기에는 검은 고양이가 있다. 길고양이치고는 털이 반들반들 고와서 이 근처 집에서 키우는 고양이가 아닐까 싶은데, 공원에 올 때마다 보였다.

이날도 검은 고양이를 만날 수 있을 거라고 생각해 이른 아침 공원을 찾아왔다. 공원 입구에 막 들어서는데, 울음소리가 들렸다.

"냐아아."

항상 보이던 그 검은 고양이의 소리였는데, 조금 놀랐다. 지금까지는 나기가 모습을 보이기 전에는 운 적이 없었기 때문이다. 이쪽에서 말을 걸면, 그제서야 겨우 귀찮다는 듯이 대꾸하는 고양이였다.

까마귀에게 쫓기기라도 한 걸까?

고양이를 학대하는 사람도 있을 수 있고.

걱정이 되었지만, 그런 것치고는 울음소리가 여유로웠고, 태평스럽게까지 들렸다.

뭘까, 고개를 갸우뚱하며 공원에 들어섰다. 넓지 않은 공원이라 검은 고양이는 금방 눈에 띄었다. 벤치 옆에 앉아 있었다. 그리고 거기에 있는 것은 낯익은 고양이 혼자만이 아니었다.

서른 살쯤 되어 보이는 남자가 벤치에 앉아 있었고, 이젤이 세워져 있다. 아마 그림을 그리고 있는 모양이다. 남자도 검은 고양이도, 나기가 다가오는 것을 눈치채지 못하고 있다.

"움직이지 말고."

검은 고양이에게 그런 요구를 하고 있다. 아무래도 이 검은 고양이를 그리고 있는 모양이다.

"야옹."

대답은 했지만, 귀찮아하는 것 같다. 아까 들려온 울

음소리도 이래라저래라 하는 데 대한 대답이었을까. 남자가 다시 말했다.

"입도 움직이면 안 돼."

본인은 진지하게 말하고 있는 것 같지만, 고양이를 상대로는 말도 안 되는 요구다.

"옹냐아."

맥 빠진 소리로 울더니, 고양이는 그 자리에서 몸을 둥글게 말아 버렸다. 도저히 못하겠다고 선언하는 거나 다름없는 태도다.

남자가 당황한 표정을 짓더니 검은 고양이에게 사정하기 시작했다.

"아아, 제발 부탁이야."

진심으로 부탁하고 있다. 그 모습이 너무 웃겨서, 나기는 자기도 모르게 웃음을 터뜨렸다.

웃음소리가 조금 컸던 모양이다. 남자와 검은 고양이가 동시에 이쪽을 돌아보았다. 나기와 눈이 마주쳤다.

침묵이 흘렀다. 몰래 지켜본 것 같은 상황이 되는 바람에 겸연쩍었다. 웃은 것을 얼버무리듯이, 나기는 인사를 건넸다.

"……안녕하세요."

"안녕하세요."

남자도 인사를 했다. 이것이 나카모리 도시야와의 만남이었다. 우습기 짝이 없는 만남이었지만, 덕분에 편하게 이야기를 나눌 수 있었다.

"그림을 그리고 계셨나봐요."

"네."

남자는 귀찮은 기색 없이 대답해 주었다. 그는 인기 없는 화가였다. 그림을 그리는 것만으로는 생계를 유지할 수 없어서 아르바이트를 하면서 생활하고 있다고 한다.

"이렇게 잘 그리시는데도요?"

나기는 도시야의 그림을 보고 말했다. 캔버스에는 미완성의 검은 고양이가 있다. 색칠은 아직 하지 않았지만, 그래도 훌륭했다. 사진을 찍듯이, 본 것을 그대로 그려낸 그림이다.

"이 정도 그림을 그리는 사람은 세상에 얼마든지 있으니까요."

그가 말하자, 검은 고양이가 동의하는 것처럼 '냐아아' 하고 울었다.

"너까지 그러기냐……."

도시야가 검은 고양이에게 불평을 늘어놓는 것을 보고 나기는 웃었다. 이렇게 웃은 것이 얼마 만인지 모른다. 웃고 있는 동안에만은 병에 대한 것을 잊어버릴 수 있었다.

그날부터 매일처럼 도시야와 만났다. 약속은 하지 않았지만, 아침 일찍 공원에 가면 그가 있었다. 그림을 그릴 때가 있는가 하면, 멍하니 고양이나 나무 따위를 바라보고 있을 때도 있었다.

몇 번 만나면서 알게 된 일인데, 최근 근처로 이사를 왔다고 한다. 공원에 오는 것이 아침 일과가 된 모양이다.

"조용하고 좋은 공원이네요."

"네. 고양이도 있고 말이에요."

"그러네요. 그림 모델로 쓰기에는 실격이지만."

"부끄럼쟁이라서 그래요."

"부끄럼쟁이라기보다, 저를 바보 취급하는 것 같지 않던가요?"

그렇게 별것 아닌 이야기를 주고받는 것이 나기의 생

활에 활기를 불어넣어 주었고, 도시야를 만나는 것이 하루의 즐거움이 되었다.

2주 정도가 지났을 무렵의 일이다. 도시야가 아침식사를 하러 가자고 제안했다.

"같이 아침식사를 하러 가지 않을래요? 근처에 일찍 여는 카페가 있는데."

바로 대답하지는 못했다. 내가 환자라는 생각이 항상 머릿속에 있었기 때문이다.

심각한 병에 걸렸다는 진단을 받은 뒤 여러 가지를 포기해왔다.

학교, 직장, 친구, 연애.

솔직히 말하면 이미 도시야를 좋아하게 되었고, 공원 밖에서도 만나고 싶었다.

하지만 그러면 안 된다. 나는 다른 사람 같은 삶을 살 수 없는 인간이니까, 일하는 것도 불가능한 환자니까. 이 이상 가까워지지 않는 편이 좋다. 공원에서 잠시 이야기를 나누다 헤어지는 정도로 만족하는 편이 낫다.

미안해요.

그렇게 말하려고 했다. 거절의 말이 입에서 튀어나오

려던 참에, 방해가 끼어들었다.

"웅냐아앙."

검은 고양이가 하품을 한 것이었다. 도시야의 얼굴을 보고, 한 번 더 "흥냥" 하고 울었다. 졸린 모양인지, 긴장 감이라고는 손톱만큼도 느껴지지 않는 얼굴과 목소리였다. 도시야를 놀리기라도 하는 것 같았다.

"부탁이야. 지금 중요한 얘기를 하고 있거든."

도시야가 항의했지만, 검은 고양이는 들은 척도 안 했다. 성큼성큼 걸어서 공원에서 나가버렸다. 가든지 말 든지 마음대로 하라고 말하는 것 같았다.

심각하게 고민하던 것이 바보같이 느껴졌다. 함께 아 침식사 하는 게 뭐 별거라고, 그런 생각이 들었다.

"그럼 아침 먹으러 갈까요?"

카페에서 아침식사를 하고, 둘이서 거리를 걸었다. 학 교나 회사로 향하는 듯한 사람들이 스쳐 지나갔다. 평소 라면 이 시간에 아무 데도 갈 데가 없는 자신을 생각하 며 우울한 기분이 되었는데, 지금은 그런 생각 없이 걸을 수 있었다.

검은 고양이가 있는 공원 근처까지 왔을 때, 도시야가 갑자기 발걸음을 멈췄다.

"고양이가 또 방해를 하면 안 되니까, 여기서 말하겠습니다."

말을 돌릴 틈도 없이 도시야가 말했다.

"저와 사귀어주실 수 없겠습니까?"

예상하지 못했다면 거짓말이다. 고백을 받아서 정말 기뻤다.

하지만 순순히 고개를 끄덕일 수는 없다. 이번에야말로 병에 대해서 밝혀야겠다고 생각했다. 수술 때문에 몸은 상처투성이이고, 언제 쓰러질지 모른다. 남들 같은 생활을 할 수 없는 몸이다.

"실은……."

그 뒤의 말이 목에 걸려 말이 나오지 않았다. 병에 걸렸다는 사실을 밝히는 데는, 온몸이 상처투성이라고 말하는 것에는, 생각 이상으로 용기가 필요했다.

"안 될까요?"

도시야가 다시 물었다.

"그럴 리가요."

생각해보기도 전에 입이 멋대로 움직였다. 이미 뱉은 말은 주워 담을 수가 없다. 그에게 마음을 전하고 말았다.

"좋아요. 이런 저라도 괜찮다면."

병에 대해서는 말하지 않고, 몇 번 만나다가 헤어지려고 했다. 공원에도 더 이상 가지 않고, 도시야의 앞에서 사라질 생각이었다.

그때는 그것이 가장 좋은 방법 같았지만, 지금 생각하면 제멋대로였다는 것을 안다. 내 사정만 생각하고, 도시야의 마음을 헤아리지 못했다.

그래서일 것이다. 벌을 받았다. 하느님은 나기의 이기적인 행동을 그냥 넘어가 주지 않았다.

몇 번째인가 데이트를 하다가 역의 플랫폼에서 쓰러졌다. 수족관에 갔다 오던 길이었다. 특별히 무리를 한 것도 아니다. 도시야와 손을 잡고 전철을 기다리고 있었을 뿐이다. 아이스크림을 먹으러 갈까, 그런 사소한 이야기를 하고 있었다.

어떤 전조 증상도 없이 갑자기 의식을 잃었다. 전철이 오기 직전에 정신이 아득해지더니 나기는 캄캄한 세계로 끌려 들어갔다.

구급차에 실려가 수술을 받았다. 도시야는 병원까지 따라와 주었고, 한밤중이 되어서도 돌아가려 하지 않았다. 나기가 쓰러진 것을 자기 탓이라고 생각했는지, "제가 끌고 돌아다닌 탓입니다. 죄송합니다. 저 때문입니다"라고 아버지에게 사과했다고 한다.

"병에 대해서는 얘기 안 했다."

아버지는 말했다. 도시야는 아무것도 모른 채 돌아갔다.

그것뿐이었다면, 도시야와 좀 더 사귀려고 했을지도 모른다. 공원에서 만나는 정도라면 괜찮을 거라고 위안 삼으면서.

사실 쓰러지기는 했지만 지금까지와는 달리 그렇게 힘들지 않았다. 별거 아닌 일이라고, 빈혈을 일으킨 것뿐이라고 생각하고 있었다.

하지만 아니었다. 별거 아닌 일이 전혀 아니었다.

수술이 끝나고 며칠 지나 의사에게 선고를 받았다.

시한부 5년.

이 사실을 나기에게 알릴까 말까 고민했을 것이다.

의사의 미간에는 깊은 주름이 새겨져 있었다. 병원에서는 매일같이 사람이 죽어간다. 사람이 죽는 것이 당연한 장소다. 나기에게도 그 당연한 것이 찾아온 것뿐이다.

아버지는 이미 들었는지, 계속 입술을 깨물고 있었다. 감정을 억누르고 있는 것 같기도 했고, 눈물을 꾹 참고 있는 것 같기도 했다.

나기는 할 말을 잃었다. 슬퍼할 정신조차 없어, 그저 멍하니 있었다.

"포기하지 말고 치료를 계속합시다."

담당 의사는 말했지만, 그것은 기적을 기대하자는 것이나 다름없는 말이다. 시한부 선고를 받은 이상, 99퍼센트는 살아나지 못한다. 절망이 치밀어 올랐다.

"……혼자 있게 해주세요."

나기는 그렇게 말하고, 병실로 돌아왔다. 울고 싶었지만, 그 전에 해야 할 일이 있었다. 더 기력을 잃기 전에, 도시야에게 전화를 걸었다.

연락을 기다리고 있었을 것이다. 금방 목소리가 들려왔다.

"나기……."

이름을 불러주었다. 스마트폰에서 들려오는 도시야의 목소리를, 이대로 계속 듣고 있고 싶었다.

하지만 불가능한 일이다. 숨기고 버틸 수 있는 시기는 끝나고 말았다. 나기의 사랑은 이렇게 끝이 났다.

"아무 말 하지 말아줘요. 미안해요. 나, 병에 걸렸어요. 그것도 아주 심각한 병이래요. 앞으로 5년밖에 살지 못한대요. 곧 죽게 될 거예요."

단숨에 쏟아내고, 이별을 고했다.

"안녕. 지금까지 고마웠어요."

대답을 듣지 않고, 전화를 끊었다. 스마트폰의 전원을 끄고, 어린애처럼 소리 내어 울었다.

도시야와는 다시는 만날 일이 없겠지.

그렇게 생각하고 있었다. 죽을 때까지 다신 볼 일이 없을 거라고 생각했다. 그러나 그 예상은 빗나갔다. 이별을 고한 다음날, 도시야가 병원에 찾아왔다.

"돌아가라고 할까?"

아버지가 물었다. 아버지는 눈이 빨갛게 붓고 얼굴이 핼쑥해져 있었다. 나기의 시한부 선고 때문일 것이다. 한숨도 자지 못한 것을 알 수 있었다. 아내에 이어 딸의 시한부 선고까지 들었으니 당연하다.

이 이상 아버지를 고생시키고 싶지 않았다. 부끄럽기도 했다. 연애의 뒤치다꺼리까지 시키는 건 못할 짓이다.

"괜찮아요. 내가 직접 말할게요."

나기가 대답하자 아버지는 병실을 나갔다. 그와 둘이서만 이야기할 시간을 갖도록 배려해준 것이다.

기다릴 것도 없이, 노크 소리가 들렸다. 심호흡을 하고 대답했다.

"들어오세요."

그러자 문이 열리고, 도시야가 들어왔다.

그의 모습을 보고, 나기는 놀랐다. 다시 한번 이별을 고할 생각이었는데, 딴소리를 하고 말았다.

"어머?! 대, 대체 무슨 일이에요? 그 차림은 뭐예요?"

도시야는 감색 수트를 차려 입고 있었다. 마치 면접을 보러 다니는 대학생 같아서 전혀 어울리지 않았다. 도시야의 수트 차림을 본 것은 처음이었다.

그는 나기의 질문에는 답하지 않은 채 진지한 얼굴로 말하기 시작했다.

"어제 그 이야기를 듣고 도서관에 가서 당신의 병에

대해서 찾아봤어요. 낫기 어렵다고 쓰여 있더군요."

어려운 정도가 아니라, 99퍼센트 불가능하다. 그것을
지적하려 했지만, 나기가 입을 열기에 앞서 그가 말을 이
었다.

"저와 결혼해 주세요."

순간, 무슨 말을 들었는지 이해하지 못했다. 하지만
그 말이 의미하는 것은 하나밖에 없다. 도시야에게 프로
포즈를 받은 것이다.

"……농담이죠?"

그렇게 말할 수밖에 없었다.

도시야는 고개를 가로저었다.

"농담이라뇨. 나기 씨와 결혼하고 싶어요. 진심입니
다."

"나, 이제 곧 죽는다니까요?"

억누르고 있던 마음이 쏟아져 나오려 했다.

도시야를 좋아한다.

계속 함께 있고 싶다.

이 마음을 말해서는 안 된다. 좋아하니까, 오히려 더
말할 수 없는 것이다.

저세상에 갈 때까지 꼭꼭 숨겨둘 생각이었다. 그게 가장 좋은 방법이다.

"돌아가 주세요."

억지로 감정을 죽였기 때문일까? 목소리가 차갑게 느껴졌다. 마침 잘됐다. 그 목소리 그대로 말했다.

"당신과는 결혼할 수 없어요."

이 세상 그 누구와도, 결혼할 수 없다. 앞으로 5년 안에 죽는 여자가, 결혼할 수 있을 리가 없다. 혼자서 죽어가야 한다.

"이제 오지 마세요. 당신 얼굴 보고 싶지 않아요. 처음부터 전혀 좋아한 적 없었거든요."

"나기 씨, 내 이야기를 좀 들어줘요."

"싫어요! 듣고 싶지 않아! 돌아가요! 제발 돌아가요……."

큰소리를 내고 말았다. 그러자 간호사가 들어와서 도시야에게 돌아가 달라고 말했다. 그는 순순히 병실을 떠났다. 쫓겨나서 안심하고 있는 것처럼 보였던 것은 나기의 기분 탓이었는지도 모른다.

도시야의 발소리가 멀어져간다. 아무도 없는 병실에

서, 눈물이 쏟아졌다. 눈물을 닦지도 않고 나기는 도시야의 발소리에 귀를 기울였다.

이번에야말로, 두번 다시 만날 수 없다.

그러는 편이 나아.

몇 번이고 반복해서 스스로를 타일렀다. 그에게는 정말로 고맙게 생각하고 있다. 덕분에 많은 추억을 만들었다. 앞으로 5년 안에 죽는 사람에게는 충분하고도 남을 정도의 추억이다.

이른 아침의 공원에서 많은 이야기를 나눴다.

데이트도 하고, 손도 잡았다.

수트 차림으로 프로포즈도 받았다.

"이걸로 충분해."

진심이다. 평범한 여자처럼 사랑을 할 수 있었다. 행복한 시간을 보낼 수 있었다. 그런데 왜 눈물은 멈추지 않는 걸까.

귀가 도시야의 발소리를 계속 뒤쫓는다. 복도를 걷는 모습이 머릿속에 떠올랐다. 시한부 선고를 받기 전의 내가, 그와 나란히 걷고 있다. 기쁜 듯이 웃고 있다.

이윽고 발소리가 사라졌다. 도시야는 그렇게 가버렸다.

"잘 가요."

그렇게 중얼거린 순간, 나기의 시야에서 색이 사라졌다. 정말 한순간에 일어난 일이다. 온 세상이 색을 잃고, 오래된 영화처럼 흑백으로 바뀌었다. 도시야와 함께 나기의 색이 사라져 버린 것이다.

병으로 인해 눈에 문제가 생기는 경우는 드물지 않다. 시력을 잃는 환자도 있다. 병의 영향으로 그렇게 되는 경우가 있는가 하면, 정신적인 스트레스로 눈에 이상이 생기는 경우도 있다고 한다.

나기의 경우, 어느 쪽인지는 알 수 없다. 세계가 흑백이 되었다는 것을 아무에게도 말하지 않았기 때문이다. 의사나 간호사에게 말하면, 또 검사를 받아야 한다. 얼마 남지 않은 시간을 검사로 낭비하는 것은 사양하고 싶다. 색따위 필요 없다. 이대로 흑백의 세계에서 죽을 생각이다.

죽을 각오는 이미 되어 있다.

나기는 스스로에게 필사적으로 타일렀다. 그렇게라도 하지 않으면, 걸음을 옮길 수조차 없었다.

"이 자리 괜찮으신가요?"

가이가 창가 자리로 안내해 주었다. 고양이 식당에는
다른 손님은 아무도 없이 나기와 가이, 그리고 고양이
꼬마가 있을 뿐이다.

"정말 죄송합니다."

고양이 식당의 주인이 지금 손이 부족하다며 사과를
했다. 평소에는 아르바이트를 하는 여자분이 있다고 한
다. 추억 밥상을 준비할 때는 그 사람이 버스정류장까지
마중을 나가기로 되어 있다는 것이었다.

"괜찮아요."

나기는 대답했다. 처음부터 택시를 이용할 생각이었
고, 건강한 여자와 마주치고 싶지 않은 기분도 있었다.
못난 질투를 하는 자신과 마주하고 싶지 않다.

그런 것보다도 정말 엄마와 만날 수 있는지가 궁금했
다. 그것을 물어보려고 했지만, 가이의 말 쪽이 빨랐다.

"앉아서 기다려 주십시오. 지금 바로 예약하신 추억
밥상을 가져오겠습니다."

그리고 부엌으로 모습을 감췄다.

혼자가 되자 할 일이 없어졌다. 고양이 식당에는 텔

레비전도 없고, 스마트폰을 볼 기분도 들지 않았다.

멍하니 있자니 생각하고 싶지 않은 일만 자꾸 떠오른다. 예를 들면 죽고 나서의 일들. 장례식 장면은 지금까지 몇 번이나 상상했고 꿈을 꾼 적도 있다. 나기의 사진이 있고, 아버지가 실의에 빠진 얼굴로 앉아 있다.

불길한 생각은 하지 말자.

언젠가는 찾아올 미래이지만, 생각하고 싶지 않았다. 다시 몸이 떨리면서 비명이 새어 나올 것만 같았다.

기분을 바꾸려고 작은 얼룩무늬 고양이의 모습을 찾았다.

금방 발견했다. 꼬마는 벽 쪽의 안락의자 위에서 몸을 동그랗게 말고 있었다. 그 옆에는 오래된 괘종시계가 있다. 똑딱똑딱 시간이 가는 소리가 들린다.

시계를 본 것은 실수였다. 불길한 상상을 떨쳐내기는커녕 더 뚜렷하게 느껴졌다. 시계바늘 소리가 죽음을 향한 카운트다운처럼 들린다. 1초가 지날 때마다 죽음이 가까이 다가온다. 저승사자의 발걸음 소리다.

죽고 싶지 않아.

새삼스럽지만 그런 생각이 들었다. 진심으로, 그렇게

생각했다.

어째서 나만 이런 상황을 겪어야 하는 걸까.

인생 100세라는 시대에, 어째서 스물다섯 살에 죽어야만 하는 걸까.

내가 뭘 했다고?

납득할 수 없었다. 눈물이 쏟아지려 했다. 그때, 가이가 돌아왔다. 서둘러 눈을 비벼서 억지로 눈물을 수습했다.

가이는 두 사람 분의 요리를 가져왔다. 아마 나기와 어머니의 몫일 것이다. 테이블에 요리를 내려놓고, 고양이 식당의 주인은 이렇게 말했다.

"두부 된장 절임입니다."

그 요리를 본 순간, 엄마의 얼굴이 떠올랐다.

두부와 된장은 모두 콩을 가공해서 만든다. 둘 다 영양이 풍부하고, 칼슘, 이소플라본, 대두 올리고당, 레시틴, 사포닌, 단백질 등 건강에 도움이 되는 성분이 포함되어 있다.

"조금이라도 오래 살아야지. 나도, 당신도, 나기도 말

48

이에요."

엄마는 입버릇처럼 이렇게 말하며 두부 요리를 만들어 주었다. 자신만이 아니라, 아버지와 나기의 건강에도 신경을 썼던 것이다.

그중에서도 두부 된장 절임은 엄마가 좋아해서 식탁에 자주 올라오는 요리였다. 밥 반찬으로도, 간식거리로도 좋았기 때문일 것이다.

만드는 방법은 어렵지 않다. 두부의 물기를 빼고, 된장, 맛술, 간장, 설탕 등으로 만든 양념장을 발라 재워 두기만 하면 된다. 하루나 이틀 정도 냉장고에 넣어 두면 완성이다. 빵과도 어울리고, 된장이 들어가니까 밥에도 잘 어울린다.

그 요리가 나기의 눈앞에 있었다. 가이가 준비해준 것이다.

"잘 먹겠습니다."

인사를 잊지 않고, 나온 요리를 맛보았다.

처음 느낀 것은 된장의 맛이지만, 맛술을 넣었기 때문인지 더 산뜻하고 부드럽게 느껴졌다. 짠맛과 단맛이 한데 섞여 혀 위에 녹아들었다.

훌륭한 것은 풍미만이 아니다. 씹어 보았더니 치즈 같은 식감이 느껴졌다. 하지만 좀 더 산뜻한 대두 특유의 담백한 맛이다.

"고이토자이라이로 만든 두부와 된장입니다."

가이가 설명을 덧붙였다. 고이토자이라이란 고이토 가와 유역을 중심으로 재배되는 콩의 품종을 뜻하는데, 상표등록 마크(®)를 붙여 표기하는 경우가 많다. 단맛이 강한 고급스러운 맛이 특징이다. 그 콩으로 만든 두부는 달고, 된장은 풍미가 있다.

먹어본 적이 있는 맛이다. 엄마는 콩으로 만든 제품을 좋아했으니까, 바닷가 마을의 병원에 가는 길에 고이토자이라이로 만든 두부와 된장을 구입한 적이 있을지도 모른다.

이런 생각들이 머릿속에 떠올랐다.

하지만 그뿐이다.

엄마는 나타나지 않았다.

목소리도 들리지 않는다.

기적은 일어나지 않았다. 역시 안 되나 보다. 어깨를 축 늘어뜨리고, 젓가락을 내려놓으려 했을 때였다.

"이걸 같이 드셔보세요."

이렇게 말하며 가이가 새로운 요리를 테이블에 내려놓았다.

"이건……."

의아하다는 듯이 중얼거리자, 대답이 들려왔다.

"양파 수프와 직접 만든 크래커입니다."

그걸 뜻한 게 아니다.

신경이 쓰인 것은 수프도, 크래커도 아닌 함께 내온 목제 그라인더였다. 나기의 시선을 눈치챈 듯이, 가이가 덧붙였다.

"흑후추가 들어 있습니다. 선호하시는 굵기로 갈아서 사용해 주세요."

흑후추는 완전히 익지 않은 후추 열매를 껍질째로 건조시킨 것이다. 완전히 익은 뒤 껍질을 벗긴 백후추보다 향과 매운맛이 강하다.

미리 갈아놓은 가루 후추도 팔지만, 먹기 직전에 가는 편이 더 풍미가 좋다. 어릴 적 나기의 집에는 목제 후추 그라인더가 있었다. 아버지가 사온 것이라고 한다. 그걸로 후추를 드륵드륵 갈아서 요리에 뿌렸다.

"두부 된장 절임과도 잘 어울리거든."

엄마는 이렇게 말했다.

두부와 흑후추.

두부 된장 절임을 크래커에 올려서, 흑후추를 듬뿍
뿌린다. 아버지도 엄마도 이렇게 먹는 방법을 좋아했다.
자주 식탁에 올라왔지만, 나기의 두부 된장 절임에는 흑
후추를 뿌릴 수 없었다.

이때 나기는 유치원생이었다. 매운 것을 잘 못 먹어
서, 후추가 들어간 요리를 먹으면 사레가 들렸다. 처음
먹었을 때는 눈물이 난 적도 있다.

그래도 흑후추를 뿌린 두부 된장 절임을 먹어보고 싶
었다. 아버지와 엄마를 따라해 보고 싶었던 것이다. 엄마
는 그런 나기를 달래며 말했다.

"나기에게는 아직 일러. 조금 더 크면 만들어 줄게."

"정말?"

"그럼. 정말이고 말고. 엄마 아빠가 먹는 것보다 훨씬
더 맛있게 만들어 줄게."

"응. 알았어."

몇 번이나 비슷한 대화를 반복했다. 어린 나기는 그 날이 오는 것을 기대했다.

하지만 그 약속이 이루어지는 일은 없었다. 흑후추의 맛을 알게 되기 전에 엄마는 저세상으로 떠나 버렸다.

흑후추를 뿌린 두부 된장 절임을 먹지 못한 채 나기는 어른이 되었고, 그리고 죽어가고 있다.

"그럼 맛있게 드십시오"

가이가 테이블에서 멀어졌다. 나기를 남겨두고 부엌으로 가 버렸다. 식당에 있는 것은 나기와 꼬마뿐이다.

나기는 먹어본 적 없는 추억의 요리에 손을 뻗어, 두부 된장 절임을 크래커에 올리고 흑후추를 뿌렸다. 흑후추와 된장의 향기가 한데 섞여, 식욕을 돋웠다.

입 안 가득 침이 고이고, 꿀꺽 소리가 났다. 참지 못하고 입으로 가져갔다. 말이 먼저 터져 나왔다.

"……맛있다."

마치 치즈 같은 두부 된장 절임의 농후한 맛, 크래커의 고소한 단맛, 그리고 흑후추의 톡 쏘는 매운맛. 모든 맛과 향기가 어울려 서로를 돋보이게 한다. 순식간에 첫 번째 크래커를 먹어 치웠다.

정말 맛있었다.

태어나서 처음으로 먹어봤지만, 그리운 느낌이 들었다.

아직 식욕은 없어지지 않았다.

하나 더 먹으려고 했을 때였다. 흑후추가 목에 걸렸는지, 기침이 나왔다. 어른이 되었는데도 어렸을 때와 똑같이 사레가 들렸다. 이런 건 하나도 변하지 않았다.

쓴웃음을 지으며, 양파 수프를 떠먹었다. 아직 따뜻한 수프에서 김이 솟아올랐다. 따뜻한 김이 나기의 얼굴에 닿았다. 저도 모르게 눈을 감았지만, 한순간의 일이었다.

눈을 뜨자, 고양이의 울음소리가 들렸다.

"냐아아."

꼬마의 울음소리 같은데, 뭔가 이상하다. 소리가 먹먹하게 울려서 들렸다.

"왜 그러니? ……어머나?"

물어보는 자신의 목소리도 이상하게 들렸다. 꼬마의 울음소리처럼 먹먹하게 들린다. 나기는 불안해졌다. 병 때문이라고 생각했던 것이다.

어쩌면 발작의 전조 증상일지도 모른다. 나기는 시한부 진단을 받은 상태라 어떤 일이 일어난다 해도 이상할 것 없다. 여기에서 쓰러지면 곤란하니까, 일단 가이를 불러보기로 했다.

"저기요, 잠시 와주실 수 있을까요?"

"……"

반응이 없다.

"후쿠치 씨?"

큰 소리로 불러도, 역시 대답이 없었다. 부엌에서는 아무 소리도 들려오지 않은 채 고요하기만 했다.

아니, 부엌만이 아니다. 아까까지 들리던 괭이갈매기 울음 소리도 들리지 않고 바람 소리조차도 들리지 않는다.

도움을 구하듯이 괘종시계를 봤는데, 바늘이 멈춰 있다.

"어떻게 된 일이지?"

나기는 창밖을 보았다. 그리고 놀라서 심장이 멎을 뻔했다.

파도가 멈춰 있다. 일시정지 버튼을 누른 것처럼 멈춰 있었던 것이다.

"어머, 왜 이러지? 혹시⋯⋯."

섬망이 일어난 것일까 생각했다. 섬망이란 인지 기능이 저하되는 상태를 말하는데, 환각을 보는 경우도 있다고 들었다.

나기는 지금까지 경험한 적이 없었지만, 그리 드문 증상도 아니다. 알콜이나 모르핀 중독, 뇌질환, 고열 상태, 전신 쇠약, 노령 등의 원인으로 나타날 수 있고, 수술 후나 중증 환자에게 의외로 흔하다.

이 세상에 없는 것, 예를 들면 아주 옛날에 철거된 건물이나 어렸을 때 다녔던 학교가 나타나는 경우도 있다고 한다.

"⋯⋯어떡하지?"

나기가 당황해 어쩔 줄을 몰라 하자 꼬마가 다시 울었다.

"냐아옹."

그렇다. 꼬마가 있다.

나기는 혼자가 아니었다. 의지하려는 마음에 안락의자 쪽으로 시선을 보내자, 꼬마가 가게 입구 쪽을 바라보고 있는 것이 보였다.

"누가 오기라도 하니?"

나기의 질문에 대답이라도 하는 것처럼 고양이 식당의 문이 열렸다. 어느새 안개가 자욱해서 밖이 보이지 않았다. 구름 속에 있는 듯 진한 안개가 주위를 뒤덮고 있었다.

그 안개 저편에서, 여자가 한 명 나타났다. 뿌옇게 흐려 보여서 얼굴은 보이지 않았다. 식당을 확인하는 듯이 멈춰 섰다가, 고양이 식당으로 들어왔다.

나기는 말문이 막혔다. 묵묵히 바라보는 동안 그림자는 나기의 테이블로 가까이 다가왔다. 그리고 말을 건넸다.

"오랜만이구나."

그 순간, 그림자의 얼굴이 보였다. 잘 아는 목소리, 잘 아는 얼굴이었다.

"어…… 엄마……."

세상을 떠난 엄마가, 거기에 있었다. 나기의 눈앞에 나타난 것이다.

고양이 식당에 나타난 엄마는 젊었다. 20대로 보인

다. 하지만 생각해 보면 당연한 일이다. 엄마는 스물다섯에 나기를 낳았다. 마지막으로 보았을 때의 모습으로 나타났다고 해도 서른에 불과하다. 지금의 나기와 열 살 정도밖에 차이가 나지 않는다.

"여기 앉아도 될까?"

나기의 정면에 있는 자리를 가리켰다. 테이블 위에는 추억 밥상이 차려져 있다.

"……응."

여우에 홀린 기분으로 고개를 끄덕이자, 엄마가 의자에 앉더니 비밀을 알려주듯이 말했다.

"이 식사의 김이 사라질 때까지 너와 함께 있을 수 있어."

"김이요?"

"응. 추억 밥상이 다 식으면 저세상으로 돌아가야 하거든."

시간 제한이 있다는 뜻이다. 그런 말을 들어본 적이 있는 것 같다.

나기는 요리를 쳐다보았다. 김이 올라오는 음식은 양파수프뿐이다. 그마저도 사라져가고 있다.

고양이 식당의 이야기는 진짜였다. 아직도 완전히 믿을 수 없는 기분이 남아 있었지만, 우물쭈물하다가는 엄마와의 시간이 끝나 버린다. 모처럼 만났는데, 저세상으로 돌아가 버린다. 간신히 말을 쥐어 짜내서 물었다.

"엄마, 내 이야기 좀 들어 줄래요?"

"물론이지."

엄마는 선뜻 고개를 끄덕였다. 옛날부터 그랬다. 아무리 바빠도, 병에 걸려 자리에 누워 있어도, 엄마는 항상 나기의 이야기를 들어주었고, 언제든지 나기의 편을 들어주었다.

엄마에게라면 말할 수 있다.

아니, 엄마에게밖에 할 수 없는 얘기다. 서론은 생략하고, 불쑥 말을 꺼냈다.

"나, 앞으로 5년밖에 살지 못한대요."

폐와 심장에 병이 생겨서, 시한부 선고를 받았다는 것을 말했다. 엄마는 끼어들지 않았다. 나기의 이야기가 이어진다는 것을 알고 있는 것이다.

"그래서요, 좋아하는 사람이 있었는데 헤어졌어요."

헤어지고 싶지 않았지만 헤어질 수밖에 없었다. 도시

야의 짐이 되고 싶지 않았다. 그에게 부담으로 남고 싶지 않았다.

그때 프로포즈를 받아들여서 계속 함께 있었다면 아마 지금보다 훨씬 죽기 싫었을 것이다. 죽는 것이 무서워졌을 것이다. 소중한 것이 없어야 가벼운 마음으로 죽을 수 있다고, 그렇게 생각했다.

하지만.

하지만 헤어지지 말 걸 그랬다고 생각하는 내가 있다. 마지막 순간까지 함께 있고 싶다고 생각하는 내가 있다.

잘 생각한 거라고, 엄마가 말해줬으면 했다. 헤어지길 잘했다고 말해주기를 바랐다.

미련을 남기면 죽는 것이 괴로워진다. 더 이상 슬픔을 겪고 싶지 않다. 평온하게 죽을 수 있는 말을 듣고 싶었다. 벗어날 수 없는 운명이라면, 모든 것을 포기하고 편해지고 싶다. 그래서 고양이 식당에 찾아온 것이다.

"나, 잘못한 거 아니죠? 그러길 잘한 거죠? 헤어지는 게 정답이었죠?"

하지만 엄마는 고개를 끄덕여주지 않았다. 딱 잘라나기의 말을 부정했다.

"아니, 잘못 생각한 거야."

충격이었다. 엄마가 그렇게 말할 거라고는 생각도 못 했다.

"……왜요?"

"왜냐니, 넌 지금 슬프잖니? 사실은 헤어지고 싶지 않았지?"

"하, 하지만 나……. 앞으로 5년밖에 살지 못한단 말이에요. 5년 뒤에 죽는다고요. 결혼해도, 금방 죽을 거란 말이야."

이렇게 대꾸하면서 나기는 울기 시작했다. 눈물이 멈추지 않았다. 나기가 바란 것은 이런 말이 아니었다.

엄마라면 알아줄 거라고 생각했는데, 이해해주지 않았다. 미련을 끊기 위해서 왔는데, 마음 편히 죽을 수 있는 말을 듣고 싶어서 왔는데, 결국 듣지 못했다.

도시야와 헤어지고 싶지 않았다.

그 마음을 포기하고 싶었는데, 엄마는 수긍해주지 않았다. 오히려 헤어지고 싶지 않았지?라고 말한다. 어쩌면 이렇게 잔혹할 수가 있을까.

나기는 충격을 받은 나머지 할 말을 잃었다. 눈물만

이 끝없이 흘러내렸고 멈출 기력도 없었다. 그때, 엄마가
말했다.

"그냥 5년이 아니야."

"응?"

되묻는 나기에게 엄마는 조용히 말했다.

엄마가 나기와 함께 보낸 시간도 5년이었어.

그랬다.

나기의 남은 수명과 같은 5년. 엄마와 함께 보낸 시간
이다. 자신의 일로 머리가 가득 차서, 생각해본 적이 없
었다.

"5년밖에 없었지만, 너와 함께 있을 수 있어서 행복했
고, 네가 태어나줘서 다행이라고 생각했어."

"5년 뒤에는 죽었는데도요?"

되묻자 엄마는 미소 지으며 이렇게 대답했다.

"행복은 시간의 길이와는 상관이 없어. 네가 없는 50년
보다, 함께 보낸 5년 쪽이 더 행복했으니까."

내가 없는 50년이라니.

……설마.

나기의 몸이 떨렸다. 엄마의 말을 듣고 새삼스레, 정말 새삼스럽지만 깨달은 것이 있었다.

"엄마가 그렇게 빨리 죽은 게……, 혹시 나 때문이에요?"

어째서 그 가능성을 생각해보지 않았을까. 출산은 사람의 몸에 어마어마한 영향을 미치는 일이다. 심장과 폐가 약한 사람이 아이를 낳는 것은 신체에 큰 무리를 줄 수 있다.

하지만 엄마는 고개를 좌우로 저었다.

"나기 때문이 아니야. 내가 죽은 것은 나기를 낳아서가 아니라 병 때문이야."

"하지만……, 하지만 나를 낳지 않았다면 좀 더 오래 살 수 있었던 거잖아요?"

엄마는 대답하지 않았다.

아니, 그것이 대답이다.

"……어째서?"

이유를 묻는 목소리가 떨려왔다. 몸이 부들부들 떨렸다.

"낳고 싶었으니까."

그것이 엄마의 대답이었다.

"후회하고 있죠? 낳지 않았으면 좋았을 거라고 생각하죠?"

후회하고 있는 것이 당연하다. 그런 생각이 들 법도 하다. 나기를 낳지 않았다면 지금도 살아 있었을지 모르는데.

"설마. 후회할 리가 없잖아. 낳지 말 걸 그랬다니, 한 번도 생각한 적 없어."

엄마는 말했다. 나기에게 말했다.

"너와 함께 보낸 5년은 나에게 정말 행복한 시간이었어. 오래 살지 못한다고 해도, 네가 어른이 되기 전에 죽는다는 걸 알았어도, 함께 시간을 보내고 싶었어."

"하지만……."

죽으면 그뿐인 걸요. 그렇게 말하려고 했지만, 엄마는 그것을 가로막고, 나기에게 질문을 던졌다.

너는, 태어나지 않는 게 나았을 거라고 생각하니?

태어나지 않는 게 나았을 텐데.

몇 번이고 생각했었다. 이를테면 병에 걸린 걸 알았을 때. 힘든 치료를 받아야 할 때. 학교에 갈 수 없게 되었을 때. 시한부 선고를 받았을 때. 도시야와 헤어졌을 때.

죽음으로 향하는 카운트다운을 들으면서 매일을 살아가는 것은 괴롭고 고통스럽다.

하지만.

하지만, 태어나지 않았다면 부모님과 보낸 단란한 시간도 없어져 버린다. 도시야와의 만남도, 함께 먹은 아침 식사도, 데이트도, 프로포즈도 없었던 일이 되어버린다.

"그런 거, 싫어."

저도 모르게 이런 말이 흘러나왔다. 병 때문에 많은 것을 잃었지만, 그 시간만은 빼앗기고 싶지 않았다.

"도시야 씨도 너와 같은 기분일 거야."

엄마의 목소리가 귓가에 와 닿았다. 상냥한 목소리가, 나기를 감싸주었다.

"누군가를 만난 순간부터, 소중한 시간이 시작되는 거란다."

도시야와 만난 지 3개월밖에 지나지 않았는데, 둘이서 보낸 시간의 기억은 소중한 보물이 되었다.

도시야와 결혼하고 싶었고, 가족이 되어 함께 나이를 먹고 싶었다. 행복한 기억을, 보물 같은 소중한 시간을 쌓아가고 싶었다.

"하지만, 나는 이제 5년밖에 못 사는데 결혼이라니, 말도 안 돼요."

도시야와 함께 나이를 먹어갈 수 없다는 현실을 보는 것이 괴로웠다. 커다란 눈물방울이 테이블 위에 떨어지며 뚝뚝 소리를 냈다.

병에 걸리고부터, 얼마나 울었는지 모른다. 하룻밤 내내 운 적도 있다. 나기가 울고 있으면 아빠는 어쩔 줄 몰라 했다. 하지만 엄마는 당황하지 않고 나기에게 물었다.

"나기야, 너는 아직 살아 있잖니?"

어중간한 대답을 용서하지 않는, 힘 있는 말투였다.

"그, 그렇지만."

"그렇다면……."

엄마가 말을 이었다.

마지막까지 싸우렴.

포기하면 안 돼.

넌 혼자가 아니야.

아빠도 있고,

의사와 간호사 선생님들도 있어.

너를 도와주려 하는 사람들을 믿어봐.

엄마가 말한 사람들의 얼굴이 떠올랐다.

입원하기 전에는 만난 적도 없던 나기를 위해서 의사
와 간호사를 비롯해 병원 관계자들은 온 힘을 다해주었
다. 지금도 애써주고 있는 것을 잘 안다.

"포기하지 말고 같이 노력해 봅시다."

시한부 선고를 내린 뒤, 의사 선생님이 진지한 얼굴
로 말했다. 성실한 의사였다. 해외에서 문헌을 찾아보고,
새로운 약을 들여오기도 하면서 나기의 병을 고쳐주려
하고 있다. 간호사도 친절해서 나기가 고집을 부려도 웃
으면서 이해해 주었다.

아빠도 그렇다. 치료비와 약값을 대기 위해서 아침부
터 밤까지 일하고 있다. 피곤할 텐데도, 운명을 저주하고
싶을 텐데도, 불평 한마디 하지 않는다. 나기에게는 언제
나 다정한 아빠다.

"너희 아빠, 정말 멋진 사람이지?"

엄마는 그렇게 자기 남편 자랑을 했다. 엄마는 죽었는데도, 굉장히 행복해 보였다. 지금도 아빠를 사랑하고 있다는 것을 알 수 있었다.

그 순간, 도시야의 목소리가 머릿속에서 메아리쳤다. 앞으로 5년밖에 살 수 없다는 것을 알면서도, 그는 말해주었다.

"저와 결혼해 주세요."

소중한 추억이 분명한데, 씁쓸함이 맴돌았다. 후회가 되었다. 프로포즈를 해주었는데, 그를 정말로 좋아하는데, 딱 잘라 거절하고 돌려보내고 말았다.

"당신 얼굴은 보고 싶지 않아요. 처음부터 좋아하지도 않았으니까."

그런 말을 내뱉었다. 거짓말로 그를 상처 입히고 말았다. 도시야를 만나 미안하다고 사과하고 싶다.

하지만 이미 늦었다. 그런 이기적인 말을 해서 그의 마음을 짓밟아 버렸으니까.

다시 눈물이 쏟아졌다. 닦아도 닦아도 눈물이 계속 흘렀다. 참지 못하고 양손으로 얼굴을 덮은 채 울었다. 이를 악물어도 슬픔을 참을 수가 없었다. 두번 다시 만날 수 없는 도시야를 생각하면서 눈물을 흘렸다. 이제 우는 것밖에 할 수 있는 것이 없다고 생각한 것이다.

그러나 엄마는 눈물을 용서해주지 않았다.

"너 혼자 생각으로 단정하지 마."

아이를 달래는 듯한 목소리였지만, 무슨 말인지 이해할 수가 없었다. 손을 내리고 그쪽을 바라보자, 엄마는 쓴웃음을 짓고 있었다. 그 표정 그대로, 타이르듯이 말을 이었다.

"용서할지 말지를 결정하는 것은 도시야 씨야. 네 멋대로 이미 늦었다고 단정 짓지 말고, 제대로 사과하렴. 네 마음을 확실히 전달하는 거야."

그 말대로다.

도시야를 상처 입히고 말았으니까, 사과부터 제대로 해야 한다. 물론 사과한다 해도 용서해줄지는 모르는 일이고, 만나주지 않을 가능성도 있다.

그래도, 괜찮다.

이번에는 나기가 마음을 전달할 차례다.

"냐아아."

갑자기 꼬마가 울었다. 뭔가를 알려주는 듯한 울음소리였다. 나기는 양파 수프의 김이 사라지기 시작한 것을 깨달았다. 이 기적의 시간이 곧 끝난다는 것을 가르쳐준 것이다.

"이제 슬슬 돌아갈게."

엄마가 일어섰다. 그 모습이 안개 낀 듯이 흐릿해 보였다. 추억 밥상의 김과 함께, 엄마도 사라지기 시작했다.

나기는 붙잡지 않았다. 붙잡아도 소용없다는 것을, 어째서인지 알고 있었다. 엄마는 출입구를 향해 걸어가다가, 문득 멈춰 서서 꼬마에게 말을 걸었다.

"잘 먹었어. 굉장히 맛있었단다."

요리는 줄어 있지 않았지만, 엄마는 만족스러운 얼굴을 하고 있다. 죽은 사람이 먹는 것은 냄새뿐이라고 들은적이 있다. 그래서 묘지나 불단에 향을 피우는 거라고 했다. 엄마에게는 추억 밥상의 김이 식사였던 것이다.

"냐옹."

꼬마가 대답했다. 요리의 완성도를 자랑하는 듯이, 가

습을 쭉 펴고 있다. 뽐내는 것처럼 보였다.

엄마는 미소를 짓고는 다시 나기에게 말을 걸어왔다.

"이 식당은 참 멋진 곳이구나."

"응."

"다음엔 아빠를 데리고 와주렴."

"응."

고개를 끄덕일 때마다 눈물이 흘렀다. 몇 방울은 추억 밥상 위에 떨어졌다.

나기는 눈물을 닦는 것도 잊고, 엄마의 모습을 뇌리에 새기려는 듯이 바라보았다. 점점 더 흐릿해져서, 이제 잠시라도 눈을 떼면 놓쳐 버릴 것만 같다.

엄마가 완전히 사라지기 전에, 나기는 이별의 말을 입에 올렸다.

"잘 가요, 엄마."

"잘 있으렴, 나기야."

엄마는 대답해 주었다.

나기는 감사한 마음을 전달했다.

"낳아줘서 고마워요."

"태어나줘서 고마워."

엄마가 미소를 짓고, 나기도 웃었다. 슬프지 않았던 것은 아니다. 하지만 웃을 수 있었다. 울면서도, 웃을 수 있었다.

엄마의 딸로 태어나서 행복했다고 생각했기 때문이다. 엄마가 곁에 있지 않아도, 내 목숨이 다해도, 그 사실은 변하지 않는다.

"그럼 안녕."

"응."

마지막으로 한 번 더 고개를 끄덕이고, 엄마의 모습이 천천히 사라졌다. 하지만 발소리는 들린다. 나기에게서 멀어지더니, 이윽고 식당 문이 열리고, 다시 닫혔다.

"엄마, 고마워요."

마지막으로 중얼거린 목소리는 더 이상 먹먹하지 않았다.

멈춰 있던 풍경이 다시 움직이기 시작했다. 괘종시계의 바늘이 똑딱똑딱 소리를 내기 시작한다.

파도 소리가 들린다.

왜옹 왜옹 괭이갈매기가 울고 있다.

꿈에서 깨어난 것처럼, 세계가 원래대로 돌아왔다.

"엄마, 가 버렸네……."

나기가 중얼거리자, 꼬마가 대답했다.

"냐아아."

꼬마의 목소리도 이제 울리지 않았다. 함께 원래의 세계로 돌아온 것이다.

가이가 부엌에서 나타났다. 쟁반을 들고 있다. 찻잔 두 개가 올려져 있다. 한쪽에서 향기로운 냄새가 났다.

"보리차를 가져왔습니다."

나기의 몸을 신경 써준 것이다. 보리차에는 카페인이 포함되어 있지 않아서, 환자나 임산부에게 자주 내는 차다.

다른 한 쪽은 보리차가 아니었다. 상쾌한 향기가 난다. 녹차다.

"사쿠라산 녹차입니다."

"사쿠라?"

"네. 지바현 사쿠라시에서 수확한 차입니다. 깊이 있는 향기와 맛을 즐길 수 있습니다."

엄마를 위해서 준비한 차인가 하고 생각했지만, 나기의 옆자리에 두었다. 추억 밥상이 놓였던 자리가 아니다.

이상하게 생각하고 있는데, 가이가 말했다.

"이제 손님이 오실 겁니다."

다음 예약이 있다는 뜻인가 보다. 그것 자체는 이상하지 않지만, 차를 내오기에는 너무 이르다. 그리고 어째서 나기의 옆자리에 두는지 알 수가 없었다. 이렇게 자리가 많이 비어 있는데, 일부러 같은 테이블에 두는 것도 의아했다.

"오늘은 아르바이트가 쉬는 날이라서, 손님을 마중 나가지 못했습니다."

가이가 설명하는 말투로 말했지만, 녹차와 무슨 관계가 있는지 알 수가 없다. 게다가 그 말은 아까도 들었는데, 이야기한 것을 잊어버린 것일까?

의아한 마음에 고개를 갸우뚱한 순간, 꼬마가 다시 울었다.

"냐아아."

고양이 식당의 명물 고양이는 창밖을 보고 있다. 발돋움이라도 하는 모양새다.

나기의 시선을 눈치챘는지, 이쪽을 보고 다시 한 번 울었다.

"냐앙."

뭔가를 가르쳐 주는 듯했지만, 나기는 알아들을 수가 없다. 꼬마가 보고 있던 창밖으로 눈을 돌리려 했을 때였다. 가이가 말했다.

"오신 모양입니다."

"네?"

"예약 손님입니다."

그 말을 들었을 때 '그'를 알아봤다. 나기의 심장이 크게 뛰었다.

'그'가 있다.

도시야가 있다.

고양이 식당을 향해 걸어오고 있다.

그리고 또 한 가지, 기적이 일어났다.

도시야를 발견한 순간, 세계에 색이 돌아온 것이다. 파란 하늘과 바다, 새하얀 괭이갈매기와 조개껍데기가 깔린 오솔길이, 뚜렷하게 보였다. 꼬마는 갈색 얼룩이 있는 고양이였다.

처음 보는 것은 그 외에도 있었다. 도시야는 하얀 턱시도를 입고, 빨간 장미 꽃다발을 들고 있었다.

"……어떻게 된 일이죠? 왜 여기 있지?"

당황스러운 마음에 중얼거리자, 가이가 슬그머니 거들며 말했다.

"하야카와 다카시 님으로부터 예약 전화를 받았습니다."

나기의 아버지의 이름이다. 고양이 식당을 알고 있었던 것이다. 엄마로부터 들었을 거라는 생각이 들었다.

함께 살고 있는 데다 병에 걸린 나기를 항상 지켜보고 있으니까, 나기가 고양이 식당을 예약한 것을 알아챘다 해도 이상하지 않다. 아니면 고양이 식당에 전화를 해서 넌지시 떠봤는지도 모른다.

도시야가 왜 여기에 있는가 하는 수수께끼는 풀렸다.

그렇지만 저 복장과 저 장미 꽃다발은…….

거기까지 생각했을 때, 그가 나기를 알아봤다. 그리고 창밖에서 큰 소리로 외쳤다. 나기를 향해 말한 것이다.

"결혼해 주세요! 저에게는 당신이 필요해요!"

겨우 알았다. 나기에게 두 번째 프로포즈를 하기 위해서 하얀 턱시도를 빼입고, 빨간 장미 꽃다발을 들고 온 것이다.

"요즘에 누가 저렇게 프로포즈를 해……."

조용히 중얼거렸다. 시한부 선고를 받은 여자에게 프로포즈라니, 영화나 드라마에서도 식상하다고 쓰지 않을 소재다. 진부하다, 어리석다, 짜고 치는 거다 소리나 들을지도 모른다.

하지만, 기뻤다.

진부하고 어리석은 행동이라 해도 기뻤다. 짜고 치는 거라고 비웃는다 해도 좋다. 도시야와 다시 만날 수 있으니까. 그의 목소리를 들을 수 있으니까.

그런 생각을 하면서 도시야를 바라보았다. 그때 가이가 말했다.

"죄송하지만, 마중하러 나가주시지 않겠습니까?"

"마중……이요?"

"네. 원래는 제가 가야 하지만 지금 손을 뗄 수 없는 일이 있어서……."

변명하듯이 말한 가이는 어느새 꼬마를 안고 있었다.

"붙잡고 있지 않으면, 밖으로 나가 버리거든요."

가이가 진지하게 말하자 꼬마도 동의하듯이 "냐야아" 하고 울었다. 확실히, 손을 뗄 수가 없어 보인다. 고양이 식당의 주인은 말을 이었다.

"나카모리 도시야 님이 길을 잃기라도 하면 큰일이니까요."

아무리 짧은 거리여도, 길을 잃을 때가 있다. 사람이기에 그렇다. 실제로 나기도 길을 잃고 헤매고 있었다.

"마중을 나가주시지 않겠습니까? 역시 안 될까요?"

가이가 다시 한 번 부탁했다. 상냥한 얼굴을 하고는 짓궂은 데가 있다.

"안 될 리가요! 저, 마중 갔다 올게요!"

그렇게 대답하면서 자리에서 일어나 고양이 식당 밖으로, 도시야가 있는 곳으로 향했다. 그에게 전하고 싶은 것이 있다.

나기는 심각한 병을 앓고 있다. 언젠가 스스로 호흡하지 못하고, 몸을 움직일 수조차 없게 될 것이다. 말도 하지 못하게 될 것이고, 분명 고통스러운 시간을 보내게 될 것이다.

태어난 것을 후회하고, 도시야나 자신을 낳아준 부모를 원망하면서 죽어갈 가능성도 있다.

하지만.

꿈 같은 상상이지만.

병이 나아서, 행복해질 수도 있으니까.

나기는 믿기로 결심했다.

나를 도와주는 모두를 믿어보자.

나 자신을 믿자.

진부하다고 비웃더라도, 사랑을 믿자.

아무것도 믿지 못하고 울고 있느니, 그쪽이 훨씬 낫다.

이제 도망가는 건 그만두자.

나기는 고양이 식당의 문을 열었다. 도시야가 눈앞에 있다. 바다 냄새가 난다.

"나기……."

그가 이름을 불러주었다. 심장이 더 크게 뛰고 볼이 달아올랐다. 행복했다.

더 행복해지기 위해서, 나기는 온 힘을 다해 외쳤다.

"당신을 정말로 사랑해요! 저와 결혼해 주세요!"

나는 여행을 떠날 것이다. 도시야와 함께. 이제 포기하지 않는다. 더 이상 도망치지 않는다. 이 잔혹한 세계에서 도망가지 않고, 마지막 순간까지 계속 걸어갈 것이다.

두 번째 추억

가르마 무늬 고양이와

삼겹살 가라아게

지바 더 포크

지바현은 전국에서도 손꼽히는 돼지고기 생산량을 자랑한다. 지바현에서는 현 내에서 생산된 돼지고기에 '지바 더 포크'라는 상표를 붙여홍보하고 있다.

돼지는 스스로 체온 조절을 하기 어렵기 때문에 사육할 때 쾌적한 실내 온도를 유지하는 것이 중요하다. 그런 점에서 지바현의 온화한 기후는 양돈에 매우 적합하다. 사방을 바다와 강이 둘러싸고 있으며, 동쪽 연안을 따라 쿠로시오 해류가 흐르기 때문에 여름은 시원하고 겨울은 따뜻하다. 이렇듯 1년 내내 기온 차가 크지 않은 환경이 지바 더 포크의 맛을 지켜주고 있다. *

* 출처 : 지바 더 포크 판매추진협의회 홈페이지

대체 왜 이렇게 되어 버렸을까?

언제 이렇게 시간이 흘러 버렸지?

도무지 알 수가 없다.

이제 1년 후면 마흔이 되는데도, 미야타 게이타는 여전히 방에 틀어박혀 생활하고 있다. 직업도 없다.

하지만 처음부터 아무 일도 하지 않았던 것은 아니다. 20년 전에 가까운 공립 고등학교를 졸업하고, 작은 중고차 판매점에 취직했던 적이 있다. 월급은 그럭저럭 괜찮았지만, 의무적으로 주어지는 판매 할당량이 사람을 힘들게 했다.

"매달 다섯 대는 팔아야 돼."

입사하자마자 이런 말을 들었다. 사무직을 희망해서

입사했는데, 배치된 곳은 영업직이었다. 갑자기 중고차를 팔아야 했다.

신입사원 연수는 받았지만, 참고가 될 만한 내용은 없었다. 소리만 고래고래 지르다 왔을 뿐이다.

"마음만 먹으면 못할 게 없다!"

"고객의 입장에서 생각해라!"

"찍어서 안 넘어갈 고객은 없다!"

"팔지 못하는 자는 가치가 없다!"

이런 말을 복창하게 하더니, 목소리가 작다고 호통을 쳤다. 그 자리에서 엎드려뻗쳐를 하고 기합을 받았다. 소리를 지르는 게 익숙하지 않은 게이타는 매번 혼나고 기합도 받아야 했다. 결국 근육통만 얻은 채 연수는 끝났다. 명함을 건네는 방법조차 배우지 못했다.

바로 영업 업무가 시작되었다. 게이타는 나름대로 필사적으로 일했지만, 아무리 돌아다녀도 자동차를 팔기는커녕 누군가에게 말을 붙이기도 어려웠다. 계약을 한 건도 따내지 못한 채, 하루하루가 지나갔다.

어느 날 회사에 가자 직속 상사인 이시다가 게이타를 불렀다.

"어이, 거기 월급도둑."

자신을 말하는 줄 몰랐다. 그래서 대답하지 않고 일할 준비를 하고 있었다. 그러자 큰 소리가 났다.

쾅!

놀라서 자빠질 뻔했다. 이시다가 책상을 내려친 것이다. 그쪽을 바라보자 게이타를 노려보는 시선과 마주쳤다. 그제서야 겨우 자신을 불렀다는 것을 깨달았다.

"부르면 대답은 해야 하지 않겠나, 월급 도둑님?"

"……죄송합니다."

"왜 대답을 안 했지?"

"저…… 저를 부르시는 줄 몰랐습니다."

"너 말고 누가 있어? 그렇게 자각이 없는 걸까, 우리 월급 도둑님은?"

"……죄송합니다."

사죄하는 수밖에 없었다. 맞붙을 배짱도 없거니와, 여러 명의 신입사원 중에 자동차를 한 대도 팔지 못한 것은 게이타뿐인 것도 사실이니까.

"할 얘기가 있어. 이리 와, 월급 도둑."

"……예."

"대답 소리가 작다!"

"예, 예!"

이시다의 책상 앞으로 가자 질문이 떨어졌다.

"자네, 언제까지 놀 생각인가?"

"……네?"

회사를 쉰 적은 한 번도 없었다. 쉬기는커녕 매일 야근에 휴일 출근까지 하고 있다. 수당을 받을 생각이 없어서 타임카드를 찍지는 않았지만, 이시다도 알 거라고 생각했다.

"하루도 쉰 적은 없습니다만……."

주뼛거리기는 했지만, 그래도 대꾸하는 데 성공했다. 다른 사람과 착각했을 거라고 생각했던 것이다.

하지막 착각한 것은 게이타 쪽이었다.

"비꼬는 것도 못 알아들어?"

이시다가 코웃음을 치며 말했다. 그 순간, 사무실에서 웃음소리가 터졌다. 여기에 있는 모든 사람이 게이타를 조소하고 있다는 것을 알았다.

"한 대도 못 팔고 있으니 노는 거나 마찬가지잖아!"

"……죄송합니다."

"아까부터 죄송하다는 말만 자꾸 하는데 말이야, 자네 죄송하다고 하면 다인 줄 아나? 회사가 우스워 보여?"

"아, 아닙니다. 그럴 리가요."

"그럼 팔아 와! 나한테 굽실거리는 게 무슨 소용이야? 가서 고객에게 그러라고!"

"……예."

"예에? 예 라고 했나? 의미를 알고 말하는 건가? 그럼 묻겠는데, 자네 지금부터 뭘 할 생각인가? 어떻게 일을 할 건지 말해봐."

"어, 그러니까, 팔 수 있도록 노력하겠습니다."

"그게 아니잖아!"

"네?"

"말귀를 못 알아듣네."

이시다가 한숨을 쉬었다.

"지금까지도 노력했잖아? 아침부터 밤까지 일해도 못 팔지 않았나?"

"……예."

"그럼 머리를 써봐. 내 말뜻을 알겠어?"

"아니요."

솔직히 대답하자 이시다가 다시 한숨을 푹 쉬고, 대단한 비밀을 알려준다는 듯이 속삭였다.

"확실히 팔 수 있는 상대에게 파는 거야."

"확실히……라고요?"

"그래. 이 사람이라면 꼭 사줄 거다 싶은 사람이 있을 거 아니야? 부모, 형제, 친척, 친구. 후배에게 강짜를 좀 놔도 되고 말이야. 그런 상대에게 팔란 말이야."

신입 영업사원이 친척이나 친구에게 회사 물건을 강매하는 경우는 드물지 않다. 중고차 판매만이 아니라, 어느 업계라도 있는 일이다. 하지만 게이타에게는 불가능했다. 그런 짓을 할 수는 없다.

"……아무래도 힘들 것 같습니다."

모기 소리만 하게 대답했다. 가족이라고는 어머니 한 분밖에 없다. 중고차라 해도, 차를 살 정도의 여유는 없다. 친척과도 교류가 없고, 차를 사줄 정도의 친구도 없다. 하물며 후배에게 억지로라도 떠넘기라니, 게이타에게 가능할 리가 없다.

"쓸모없는 놈."

이시다가 혀를 찼다.

"그래 가지고 여태 살아온 게 용하다. 너 같은 놈은 어느 회사에 가도 무용지물일 거야."

면전에서 내뱉는 말에 게이타는 대꾸할 수가 없었다. 분하고 비참해서 입을 열면 눈물이 날 것 같았다.

"됐어. 더 말해봤자 소용없겠다. 잘릴 때까지 낮잠이나 자든가."

"하…… 하지만……."

"말 걸지 마. 이쪽은 바쁘거든. 왠지 알아? 월급 도둑 몫까지 일을 해야 한단 말이야."

싫은 소리는 그걸로 끝나지 않았다. 이어지는 말이 온 사무실에 쩌렁쩌렁하게 울려퍼졌다.

"어이, 다들 야근하라고. 다 같이 월급 도둑 몫까지 벌어야지. 알겠나?"

"……예에."

힘없는 대답 소리가 들려왔다. 게이타를 보고 노골적으로 혀를 차는 사람도 있었다.

이제 안 되겠다.

도저히 못 하겠다.

그날 중으로 사표를 제출했다. 붙잡는 사람은 아무도 없었다. 오히려 인수인계도 필요없다며, 당장 내일부터 나오지 말라는 말을 들었다.

그렇게 퇴직을 했다. 한 달도 안 되는 기간이었다.

이것이 마흔을 눈앞에 둔 게이타의 회사 경력 전부다.

일을 그만두고서 재취직을 할 생각이 없었던 것은 아니다. 다시 취업 활동도 했다. 면접까지 간 적도 있지만, 결국 합격하지 못했다.

"한 달 만에 그만둔 사람을 고용하기는 좀……."

몇 번인가 이런 말을 들었다. 악덕 기업에서 일했다고 설명해도, 코웃음을 칠 뿐이었다. 아무도 이해해주지 않았다. 게이타가 잘못했을 거라는 반응만 돌아올 뿐이었다.

그렇게 번번이 불합격 통보를 받는 동안, 이시다가 한 말이 자꾸만 떠올랐다.

'너 같은 놈은 어느 회사에 가도 무용지물일 거야.'

이시다가 옳았다. 아니, 무용지물이 되고 안 되고는 그 이전의 문제다. 회사에 들여보내 주지조차 않으니까.

면접을 볼 때마다 비웃음을 당할 뿐이다.

그런 생각에 시달리다 보니, 구직 정보를 찾으려고만 하면 몸이 떨려왔다. 과호흡을 일으켜 쓰러지는 바람에 병원에 실려 간 적도 있었다.

"게이타, 너무 속태우지 마렴."

어머니는 말했다. 게이타의 집에는 아버지가 안 계시다. 게이타가 초등학교 6학년 때 부모님은 이혼했다. 어렸을 때라 자세한 사정은 듣지 못했지만, 아버지가 빚을 지고 어딘가로 사라졌다고만 알고 있다.

정말인지는 모르지만 의심할 이유도 없다. 함께 살던 시절에도 아버지는 거의 집에 없었다 아버지가 없어져서 쓸쓸하다는 생각이 들지는 않았지만, 생활은 확실히 더 어려워졌다.

그 전까지 살던 넓은 아파트를 떠나, 외곽에 있는 오래된 빌라로 이사했다. 욕조와 화장실, 쓰기 불편한 부엌, 그 외에는 작은 방 두 개가 딸려 있을 뿐이었다. 겨울에는 춥고, 여름에는 더웠다.

어떤 집에서 살든 생활비는 필요하다. 생계를 유지하기 위해서 어머니는 요양복지시설에서 일하기 시작했다. 돌봄이 필요한 고령자의 자립을 도와 가정과 사회로 복귀하는 것을 목표로 하는 시설이었다. 처음에는 아르바이트로 시작했지만, 금방 정직원이 되었다.

요양복지시설의 일은 아침부터 밤까지 쉴 새 없이 바쁘고, 때로는 밤새 일해야 할 때도 있었다. 그런데도 간신히 생활할 정도밖에 벌지 못했다. 20년 전의 돌봄 노동자는 지금보다 더 대우가 나쁘고 월급도 짰다.

빨리 나가서 일하라고 눈치를 줘도 할 말이 없는 상황이었는데도, 어머니는 재촉하는 법이 없었다.

"조금 더 쉬어. 돈은 엄마가 벌 테니까."

그 말에 기댔다. 사실은 돈을 많이 벌어서 어머니를 편하게 모시고 싶었지만, 그 마음 이상으로 일하는 것이 무서웠다.

언제부터인가 방에만 틀어박힌 채 밖에 나가지 않게 되었다. 화장실에는 가지만, 가능한 어머니와 만나지 않으려 애썼다. 식사도 어머니가 일하러 나가기를 기다렸다가 먹었다. 피하고 있었던 것이다. 일자리도 못 구하는 자신이 한심해서, 어머니를 볼 낯이 없었다.

아무와도 만나지 않는 생활은 참 편했다. 방에 틀어

박혀 있으면 남들에게 비웃음을 살 일도 없고, 월급 도둑이라고 욕먹을 일도 없다.

언젠가는 일을 할 생각이었지만, 한 해 두 해가 지나가는 사이에 그런 기분도 서서히 사라졌다. 채용 공고도 더 이상 찾아보지 않게 되었다.

어머니는 그런 게이타를 계속 돌봐주었다. 청소를 하고, 세탁을 하고, 게이타 몫까지 식사 준비를 했다.

그리고 게이타가 틀어박혀 있는 방문 너머에서 말을 걸어오곤 했다.

"뭐 먹고 싶은 건 없니?"

"필요한 게 있으면 사올 테니까."

"이번 주말에는 같이 외식하러 갈까?"

어머니가 너그럽게 받아들여 줄수록, 자신의 한심함을 한층 더 절감하게 된다. 어머니의 목소리를 들을 때마다 짜증이 났다. 그냥 내버려 두었으면 했다. 이제 와서 밖에 나간들 좋은 일이 있을 리 없고 자신의 비참함을 재확인할 뿐이다. 대답 대신 벽을 난폭하게 두드릴 때도 있었다. 그러고 나면 그런 짓이나 하는 자신이 여전히 한심하기 짝이 없어서 한층 더 어머니를 볼 면목이 없어졌다.

하루하루가 부질없이 지나갔다. 영화나 드라마였다면 뭔가 극적인 사건이 일어날 시점이지만, 현실에서는 매일 똑같은 나날이 흘러갈 뿐이었다. 어제와 엊그제의 구별이 모호해지고, 요일 감각이 사라졌다.

그러다 정신을 차려보니 마흔이 코앞에 다가와 있었다. 잔인할 정도로 아무 일도 일어나지 않았다. 이러는 사이에 뭔가 돌파구가 생기지 않을까 기대했지만, 그런 것은 없었다. 여전히 무직의 사회부적응자인 채로 마흔을 맞이하려 하고 있었다.

어머니도 어느새 환갑이 넘었지만, 여전히 요양복지 시설 일을 계속하는 모양이다. 60세가 정년이라고 들은 기억이 있으니까 이제 정직원은 아닐지도 모르지만, 여전히 게이타의 식사를 준비하고 몇 마디 말을 걸고 나서 출근하는 나날을 보내고 있었다.

이런 생활이 앞으로 몇 년이나 더 이어질까 생각해본 적도 없다. 어머니에게 부양 받는 것을 당연히 여기게 된 것이다. 일하지 않고도 살아갈 수 있을 줄 알았다. 하지만 그것은 착각이었다.

어느 날 아침, 어머니가 말을 걸러 오지 않았다. 일을 갈 시간이 되었는데도 아무 소리도 들리지 않았다. 현관 문을 여는 소리도 없었다.

쉬는 날인가 싶었지만, 이렇게까지 조용하다니 역시 이상하다. 옷을 입는 동안에는 소리가 나지 않지만, 휴일에도 청소와 식사 준비를 하고 게이타에게 말을 걸러 오는 어머니이다. 그런데 아무 소리 없이 고요하기만 하다.

늦잠을 주무시나?

말도 안 된다. 어머니가 늦잠 자는 것을 본 적이 없다. 자명종이 울리기 전에 이미 일어나 있는 타입이니까.

"……어떻게 된 일이지?"

불안한 마음이 소리가 되어 저도 모르게 흘러나왔다. 평소에는 귀찮게만 여겼으면서, 어머니의 기척이 없자 마음이 불안했다. 불길한 예감이 들면서 갑자기 공기가 희박해진 것처럼, 가슴이 답답했다.

"보러 나가볼까……."

틀어박혀 있던 방을 나섰다. 워낙 좁은 집이라 문을 여는 순간 뭔가 소리가 들렸다.

물소리.

수돗물 소리다. 물 흐르는 소리가 화장실 쪽에서 들려온다. 그쪽을 보자 문은 열린 채였고, 불도 켜져 있었다. 하지만 씻고 있는 기척은 느껴지지 않았다.

"어머니……?"

불러봤지만, 대답은 없고 물 흐르는 소리만이 들릴 뿐이다. 불길한 예감은 커져만 갔다. 무슨 일이 생긴 것이 분명하다. 좋지 않은 일이 일어난 게 틀림없다.

게이타는 화장실을 들여다보고, 그대로 굳어 버렸다.

"……."

쓰러져 있었다. 어머니가 바닥에 쓰러져 있었다. 세면대에서 흘러넘친 물이 얼굴을 계속 적시고 있는데도, 움직이지 않았다.

"어, 엄마!"

간신히 목소리가 나왔다.

하지만 대답이 없다. 먼저 말을 걸어도, 어머니는 아무 말이 없었다. 게이타는 구급차를 불렀다.

어머니는 그렇게 돌아가셨다.

세수를 하려고 하다가 뇌경색을 일으킨 것이다. 구급차가 왔을 때 이미 숨을 거두었다는 말을 들었다.

슬프다는 감정에 앞서 공포가 밀려왔다. 앞으로 어떻게 살아야 할지 눈앞이 캄캄했다. 통장의 잔고는 한두 달 정도밖에 버티지 못할 보잘것없는 수준이었다.

"어쩌면 좋지……."

집세를 내지 못해서 집에서 쫓겨나는 모습이 떠올랐다. 살 곳이 없어지면 노숙자 신세가 될 수밖에 없다. 계속 방에만 틀어박혀 있다가, 갑자기 혼자 살아갈 수 있을 거라고는 도저히 생각되지 않았다.

장례식이 끝난 뒤의 일이다. 어머니가 일하던 요양 복지시설의 직원이 궁지에 빠진 게이타에게 말을 걸어왔다.

"혹시 생각 있으면, 우리 시설에서 일하지 않을래요?"

화장기 없는 짧은 머리의 여성이었다. 서른을 갓 넘겼을까? 척 보기에도 기가 세 보이는 얼굴이다. 어머니에게 이야기를 들었는지, 게이타에 대해서 알고 있는 것 같았다.

　일하지 않으면 생활이 불가능하다. 집세와 생활비를 생각하면 지금 당장이라도 어떤 일이든 해야 했다.

　"일이요? 하긴 해야 하는데……."

　게이타의 대답에 여자는 얼굴을 찌푸렸다.

　"말도 제대로 할 줄 몰라요? 이제 곧 마흔이라면서요?"

　욱했지만 받아칠 말이 없었다. 처음 만난 여자와 말싸움을 할 배짱도 없었다. 고분고분히 "앞으로 잘 부탁드립니다"라고 고쳐 말했다.

　먹고 살기 위해 일을 하겠다고 말은 했지만, 여자가 돌아가자 게이타는 불안에 휩싸였다. 몸이 덜덜 떨리고 호흡이 가빠져왔다. 일하고 싶지 않았다. 집에서 나가는 것이 무서웠다.

　"……역시 안 되겠어."

　게이타는 중얼거리며 어머니 방의 장롱을 열었다. 돈이나 다른 통장이 나오지 않을까 생각한 것이다. 서랍장과 책상 서랍은 모두 살펴봤지만, 장롱은 제대로 뒤져보지 않았다.

돈은 없었다. 대신 기다란 상자를 발견했다. 장롱의 제일 위 칸에 놓여 있었다. 게이타도 아는 유명 백화점에서 산 것이었다. 예쁘게 포장되어 있어서 누가 봐도 선물용으로 보였다.

꺼내 들었더니, 작은 카드가 붙어 있었다.

게이타에게

어머니의 글씨로, 이렇게 쓰여 있었다. 다른 내용은 없었다. 포장지가 새것인 걸로 보아 산 지 1년도 되지 않은 듯이 보였다.

"대체 뭐지……?"

고개를 갸웃거리며 포장을 열자, 수수한 감색 넥타이가 나왔다. 눈시울이 뜨거워졌다.

20년이나 방에 틀어박혀 있던 게이타를, 어머니는 포기하지 않았다. 언젠가 회사에 출근할 날이 올 거라고 믿고, 넥타이를 준비해 두었던 것이다.

그것만이 아니다. 장롱 안에는 그 외에도 포장된 상

자와 종이가방이 여러 개 있었다. 열어보자 손수건과 와이셔츠, 양말, 속옷, 만년필, 볼펜 같은 것들이 들어 있었다. 전부 스무 개였다. 매년 하나씩 사두었을 것이다. 20년 분의 어머니의 마음이 장롱 꼭대기 칸에 고스란히 담겨 있었다.

게이타는 어머니의 방에서 털썩 주저앉아 울었다. 볼썽사납게 엉엉 울면서 돌아가신 어머니께 용서를 빌었다.

"어머니, 죄송합니다……."

어머니께 선물 받은 넥타이를 매고 직장으로 향했다. 와이셔츠와 양말, 속옷까지 모두 장롱에서 발견한 것이었다.

에지리 시오리. 장례식 때 말을 걸어온 여자의 이름이다. 게이타보다 다섯 살 연하인 서른넷이다. 고등학교를 졸업한 뒤 바로 이 시설에 취직했다고 한다.

요양보호사는 이직이 잦은 편인데 한 곳에서 15년을 일했으니 베테랑 중의 베테랑일 것이다. 게다가 시오리는 '주임'이라 불리는 직위에 있었다.

"현장 감독이라고 생각하면 돼요."

시오리는 그렇게 설명했다.

참고로 게이타의 대우는 아르바이트로, 시오리의 지시를 받으라는 말을 들었다. 즉 시오리는 직속 상사나 마찬가지다. 하지만 딱히 뭔가를 가르칠 생각은 없어 보였다.

"나나 다른 직원을 방해하지 말 것. 다들 바쁘니까, 그쪽까지 돌봐줄 겨를이 없어요."

그것이 처음 받은, 아니 유일한 지시였다. 그러고는 자기 할 말만 하고 가버렸다. 누가 부른 모양이었다.

아무것도 모른 채 갑자기 근무가 시작되었다. 게이타가 일하게 된 요양시설은 번듯한 5층짜리 건물이었다. 작년에 개축 공사를 했다고 하더니, 새 건물답게 깨끗했다. 낮 동안에만 시설에 와서 돌봄을 받는 데이케어 서비스도 운영하고 있어서, 요양시설에는 고령자와 요양보호사들이 끊임없이 드나들었다.

시오리가 말한 것처럼 직원들은 모두 바쁘게 움직이고 있어서, 아무도 게이타에게 말을 걸지 않았다. 일을 하고 싶은 것은 아니지만, 멍하니 서 있는 것도 내키지 않았다. 마침 눈앞을 지나가던 시오리를 붙잡고 질문을 했다.

"전 뭘 하면 될까요?"

그러자 쌀쌀맞은 대답이 돌아왔다.

"방해하지 말라고 했을 텐데요."

"하, 하지만……."

"게다가 지금 할 수 있는 일이 아무것도 없잖아요?"

"아, 아무것도라뇨?"

"내 말이 틀려요?"

"……아니요."

게이타는 슬그머니 눈을 피했다. 시오리의 말 그대로였다. 게이타는 아무것도 할 줄 모른다. 20년이나 방에 틀어박혀 있었으니까, 무용지물이나 다름없다.

너는 어딜 가든 무용지물일 거라는 말이 머릿속에서 되살아났다. 당장 이 자리에서 벗어나, 내 방으로 돌아가고 싶었다.

일하고 싶지 않았다.

사회에 다시 나오고 싶지 않았다.

애초에 태어나고 싶지도 않았다.

어머니의 넥타이와 와이셔츠 덕분에 어떻게든 직장

까지 왔지만, 역시 나에게는 무리인 것 같다.

눈물이 고이고, 몸이 부들부들 떨리기 시작했을 때, 시오리가 말했다.

"그 얼굴은 안 돼요."

"네? 얼굴이요?"

갑작스러운 말에 놀라서 떨리던 것도 잊고 되물었다.

"그래요, 얼굴. 요양시설에서 어두운 얼굴은 절대 금물이에요. 이용자들이 불안해하니까요."

그건 이해가 된다. 게이타도 침울한 얼굴을 보면 마음이 불안해지니까. 그러자 연하의 상사가 게이타에게 지시를 내렸다.

"당신이 할 일은 웃는 거예요. 방에만 있었어도 웃는 것 정도는 할 수 있겠죠?"

자신이 없었다. 마지막으로 웃은 것이 언제였는지도 기억이 나지 않는다. 그래서 솔직히 말했다.

"……아무래도 힘들 것 같습니다."

20년 전, 취직했던 회사에서 했던 말을 똑같이 되풀이하고 말았다. 그때는 다들 비웃으며 모욕적인 말을 퍼부었다.

분명 이번에도 같은 반응이 돌아올 것이다.

긴장한 채 다음 말을 기다렸지만, 시오리는 비웃지 않았다. 진지한 얼굴로 새로운 지시를 내렸다.

"그럼 웃을 수 있게 되기까지 마스크를 쓰고 청소를 해주겠어요? 마스크를 쓰고 있으면 얼굴이 가려지니까."

"……네."

"그리고 한 가지 더, 이용자들이 말을 걸면 제대로 대답하도록 해요. 밝은 목소리로 씩씩하게 대답하는 거예요."

웃는 것과 비슷한 수준으로 쉽지 않은 허들이었지만, 어째서인지 해보자는 마음이 들었다.

"……노력하겠습니다."

"그래요. 노력해요. 기대할 테니까."

본보기를 보여줄 생각인지, 시오리가 웃는 얼굴로 말했다. 말투는 엄격했지만, 웃는 얼굴은 상냥했다.

요양보호시설에서 일하게 되었지만, 흔히 말하는 요양보호사가 된 것은 아니다. 일반인에게는 어떻게 보일지 몰라도, 시오리는 아직 한참 멀었다고 말했다.

"지금은 그냥 아르바이트죠."

요양보호사가 되려면 이론과 실기 교육을 받고 실습을 거쳐 자격시험에 합격해야 한다고 한다.

"정직원이 될 생각이라면 우선 요양보호사 자격증부터 따도록 해요. 그러면 월급도 올라갈 테니까."

자격증이 없으면 요양보호사로 인정받지 못한다. 정직원이 될 수 있다면야 좋겠지만, 망설여지는 마음도 있었다. 요양보호사 일은 상상 이상으로 힘들기 때문이다.

식사 보조. 배설 보조, 입욕 보조.

요양보호사의 주요 업무로, '3대 보조'라 불린다. 무경험 아르바이트에 불과한 게이타는 그 중 아무것에도 손대지 못한다. 그저 청소밖에 하지 못하는 상황인데, 그것마저도 쉽지 않았다.

치매를 앓는 이용자가 있는가 하면, 신체에 장애가 있는 이용자도 있다. 식사는 수도 없이 쏟고, 장소를 가리지 않고 배변을 하기도 한다.

그것을 치우는 것이 게이타의 업무였다. 곧바로 청소하지 않으면 시오리에게 혼이 난다. 이용자와 다른 직원 앞에서도 여러 번 주의를 받았다.

"좀 더 제대로 닦아봐요!"

"왜 이렇게 늦어요! 할 마음이 있기는 해요?"

"청소를 한 게 이래요? 대걸레 쓸 줄 몰라요?"

잘못하면 혼나는 것도 당연하다. 바닥 청소를 대충했다가는 이용자들이 넘어지는 요인이 되고, 고령자에게 넘어지는 것은 목숨과 관계될 수도 있는 일이다.

하지만 납득할 수 없는 질책도 있었다. 화장실로 향하던 이용자의 손을 잡아주었을 때의 일이다.

"지금 뭘 하는 거예요? 왜 쓸데없는 짓을 하죠? 뭐든지 도와주면 환자가 자립을 할 수가 없잖아요!"

"하, 하지만 걸을 때 휘청거리시는 것 같아서⋯⋯."

이때 게이타가 손을 잡아 준 사람은 큰 수술을 받고 퇴원한 지 얼마 안 된 고령자였다. 넘어지면 위험할 거라고 생각해서 한 일이었지만, 시오리를 고개를 가로저었다.

"우리 시설은 어디까지나 가정과 사회로의 복귀를 목적으로 하는 시설이에요. 과보호는 금지."

이미 여러 번 주의를 받았지만, 돌봄과 과보호의 경계는 모호하기 짝이 없어서 경험이 없는 게이타가 이해할 수 있을 리가 없었다.

그런 생각이 얼굴에 드러난 모양이다. 시오리가 눈을 부릅뜨며 노려보았다.

"결국 의지가 없는 거예요. 이해하려고 할 생각이 없죠? 이 일이 싫으면 지금 당장 그만둬요."

이건 너무 심한 말 아닌가. 나름대로 최선을 다하고 있는데, 인정해주지 않으려고 하다니.

그래, 그만두자.

바라는 대로 지금 당장 그만둘 테다.

원래 하고 싶었던 일도 아니다. 내일이라도 직업소개소에 가보자. 새로운 일을 찾는 것이다.

그러면 이 연하의 상사에게 탈탈 털리는 일도 없어질 테니까.

1년이 지나, 게이타는 마흔이 되었다.

평일 아침이지만 일하러 가지 않고, 바닷가 마을로 향하는 기차를 타고 있다. 게이타가 타고 있는 소부센 쾌속열차에는 2층짜리 특석 차량이 연결되어 있다. 상대적으로 저렴한 가격에 지정 좌석을 이용할 수 있어 통근하는 승객들이 즐겨 이용하지만, 게이타는 일반 차량에서 입석으로 서서 가고 있었다.

솔직히 말하면 일반 승차권 값도 아깝다. 웬만하면 돈을 쓰고 싶지 않지만 오늘은 그래도 가보고 싶은 곳이 있었다.

고양이 식당.

지바현의 바닷가에 있는 식당이다.

언제, 어디서 그 이름을 들었는지는 기억에 없다. 아마 어머니에게서 들었던 것 같은데, 그때의 상황이 기억나지는 않는다. 그 이름과 장소만이 게이타의 기억 저 깊은 곳에 잠들어 있었다.

갑자기 옛날 일이 생각 날 때가 있는데, 이때도 그랬다. 문득 그 이름이 떠올라 새삼스럽지만 검색을 해보았다.

고양이 식당은 주인이 임의로 반찬을 정해 한 상을 차려내는 소위 백반집이었다. 방문자도 거의 없는 개인 블로그가 검색에 걸려 나왔다. 게이타는 블로그의 글을 읽기 시작했다.

기적이 일어났습니다.

믿을 수 없는 일이 일어난 것입니다.

그것은 고양이 식당의 여사장이 쓴 글이었다. 일기장처럼 사용하고 있었는지, 여러 가지 일들이 쓰여 있었다.

그녀의 남편은 바다에 낚시를 하러 나갔다가 그길로 행방불명이 되었다. 그녀는 남편이 무사하기를 바라며 가게젠을 만들었다.

그러자 그 요리가 유명해져서, 죽은 가족이나 친구를 추모하기 위해 가게젠을 주문하는 손님이 나타났다. 장례식이나 추모식이 아니더라도, 고인을 추모하고 싶다고 생각하는 사람은 많았다.

추억을 떠올리는 것이 곧 추모나 다름없다. 그래서 그녀는 그 메뉴를 '추억 밥상'이라고 이름 붙였다.

추억 밥상을 먹을 때마다 소중한 사람과의 추억이 되살아나고, 때로는 고인의 목소리가 들려오게 되었다고 한다. 세상을 떠난 사람을 만날 수 있었다고 말하는 사람까지도 있었다.

믿을 수 없는 이야기였다.

인터넷에 떠도는 근거 없는 괴담 같은 것이라고 생각

했다.

그런데도 고양이 식당에 전화를 걸어 예약을 잡았다. 믿을 수 없다고 말하면서도, 그 블로그 글을 믿었던 것이다.

게이타는 1년 전에 돌아가신 어머니를 만나고 싶었다. 어머니에게 어떻게든 말하고 싶은 것이 있었다. 이걸 말하지 못하면 언제까지고 마음에 맺혀 있을 것 같았다.

기차가 바닷가 마을의 역에 도착했다. 개찰구를 나와 버스를 탔다. 식당까지 가는 길은 머릿속에 들어 있다.

"버스정류장까지 마중을 나갈까요?"

예약 전화를 했을 때 이런 말을 들었지만, 괜찮다고 거절했다. 길을 잃을 정도로 어려운 길도 아니고, 괜한 수고를 끼치고 싶지 않았다. 또 혼자서 걷고 싶은 마음도 있었다.

버스는 한산했다. 게이타 말고는 80세가 훌쩍 넘어 보이는 할머니 한 분이 타고 있을 뿐이었다. 집안에 여유가 있는지 비싸 보이는 기모노를 입고 있었다.

돈이 있고 없고에 따라 인생은 완전히 다르게 흘러간

다. 게이타 역시 돈이 있었다면 요양시설에서 일하지 않았을 테니, 부유한 사람을 보면 부러운 마음이 들 수밖에 없다.

하차벨이 울리고, 버스가 멈췄다. 게이타가 내리는 곳이 아니다. 할머니가 일어나 출구 쪽으로 걸어갔다. 내리려는 모양이다.

이런 데서?

이상하다고 생각한 이유는 폐공장밖에 없는 한적한 장소였기 때문이다. 일반 주택은 전혀 보이지 않아서, 버스정류장이 있는 게 신기할 정도였다.

할머니는 버스에서 내리면서 어딘지 모르게 불안해 보였다. 지갑에서 잔돈을 꺼내려고 하는데 쉽지 않은 모양이다. 손이 덜덜 떨리고 있다. 하지만 지갑은 두툼했는데, 분명 1만엔 지폐가 여러 장 들어 있을 것이다.

간신히 요금을 지불하고, 할머니가 버스에서 내렸다. 지갑을 가방에 집어넣지 않고, 손에 든 채였다.

"죄송합니다! 여기서 내려주세요!"

게이타는 큰소리로 말하며 버스에서 내렸다. 그리고 그 부유해 보이는 할머니의 뒤를 따라 걸었다.

니키 고토코는 고양이 식당의 괘종시계를 쳐다보았다. 오전 11시가 되려 하고 있었다.

예약 시간은 오전 10시다. 한 시간이나 지났는데도 미야타 게이타는 나타나지 않았고, 늦는다는 전화도 걸려오지 않았다. 이번 달부터 일하기 시작한 초짜 아르바이트지만, 바람직한 상황이 아니라는 것은 말해주지 않아도 알았다.

"오지 않는 걸까요?"

"그러게요."

가이는 무심히 대답하고는 평온한 목소리로 말을 이었다.

"기다리기 지루할 텐데 미안합니다. 하지만 조금만 더 기다려보죠."

처음 만난 순간부터 변함없는 정중한 말씨, 지금도 여전하다. 고토코는 어쩐지 한숨이 나왔다.

사귀는 사이도 아니고, 멀다면 먼 사이니까 예의 바르게 대하는 것이 당연하기는 하지만, 좀 더 편하게 대해줬으면 좋겠다는 생각이 들곤 한다.

사귀는 사이.

혼자 생각에 얼굴이 달아올랐다. 내가 생각해도 좀 이상하다. 이게 다 할 일이 없어서 그렇다고, 괜히 한가한 탓을 했다.

가이의 말처럼, 할 일이 없어 지루했다. 추억 밥상의 예약이 들어온 날에는 다른 손님을 받지 않기 때문에 할 일이 아무것도 없었다. 원래 아침식사만 하는 식당이기 때문에 오후 영업 준비를 할 필요도 없다.

고양이 식당이 문을 빨리 닫는 데는 이유가 있다. 가이의 어머니가 입원해 계셨기 때문에 병문안을 가기 위해서 식당을 빨리 닫았던 것이다. 그간의 사정은 고토코도 잘 알고 있다.

나을 수 있는 병이 아니었다. 병이 발견되었을 때는 이미 늦었다. 암이 온몸에 전이되어서, 수술도 불가능한 상태였다고 한다. 입원은 했지만, 치료를 위해서가 아니라 고통을 완화시키기 위해서였다.

"건강해져서 집에 돌아가면 실컷 책을 읽을 거니까, 그때까지 맡아주렴."

가이의 어머니는 자신이 쓰고 있던 안경을 아들에게 건넸다. 유품으로 남길 생각이었을 것이다. 그래도 가이는 기적을 믿고 있었다. 어머니가 다시 건강해질 거라는 희망을 품고 있었다.

하지만 기적은 일어나지 않았고 가이의 어머니는 돌아가셨다. 가이는 꼬마와 둘이서 어머니를 보내 드렸다고 한다. 고양이는 화장장에 데려가지 못하기 때문에 혼자서 뼈를 줍고, 어머니가 빌려주었던 안경과 함께 유골함에 담았다.

가이는 유골함 앞에서 손을 모으고 기도를 올렸다.

저세상에서는 불편하지 않기를.

책을 많이 읽으실 수 있기를.

아무런 어려움도 없기를.

사후세계를 믿은 적도 없으면서, 저세상이 있을 리 없다고 생각하면서, 그러면서도 어머니가 저제상에서 행복하기를 기도했다. 아프지 않은 곳에서, 좋아하는 책을 마음껏 읽으시기를 바랐다.

가이의 어머니는 마을 외곽의 묘지에 편안히 잠들어 계신다. 고양이 식당의 영업이 끝나면 가이는 매일같이 성묘를 간다.

이제는 더 이상 병문안을 갈 필요가 없는데도, 가이는 여전히 오전 시간에만 영업을 하고 있다.

"갑자기 영업시간을 또 바꾸는 것도 좀 그런 것 같아서요."

그렇게 말하면서, 손님의 사정에 따라서는 문 닫는 시간을 뒤로 미루곤 한다. 오늘도 식당을 닫지 않고 기다릴 생각인 모양이다.

사람이 너무 좋아서 탈이야.

저도 모르게 그런 생각이 든 것은, 식당을 닫은 뒤 가이와 상담하고 싶은 일이 있기 때문이다.

지금 고토코는 대학을 쉬고 있다. 오빠가 교통사고로 죽은 것을 계기로 휴학을 했는데, 이제 곧 새해가 된다. 신학기가 바로 코앞까지 다가왔다. 복학을 하려면 이제 신청을 해야 한다.

들어간 지 얼마 안 되었지만, 극단에도 소속되어 있다. 대학에 돌아가야 할지, 오빠처럼 대학을 그만두고 연극에 전념해야 할지 결정을 못 내리고 있었다.

부모님과도 상의를 해보았다. 충분히 이야기를 들어

주셨고, 대답도 들었다. 부모님은 입을 모아 이렇게 말했다.

"네 인생이니까, 스스로 결정하렴. 나중에 후회하지 않도록 잘 생각해서."

고토코가 대학에 돌아가기를 바라는 것은 알고 있지만, 부모님은 강요하지 않았다. 오빠가 죽은 뒤 인생의 허무함을 알아 버렸기 때문일 것이다. 어느 날 갑자기 끝나버릴 수 있다는 것을 알아 버렸으니까.

연극은 계속하고 싶다.

대학에도 미련이 있다.

또, 고양이 식당에서도 계속 일하고 싶다.

하지만 그 세 가지를 모두 잘 해낼 자신은 없었다. 고토코보다 몇 배나 유능하고 야무졌던 오빠마저도 대학을 포기하고 연극에 전념했었다.

적어도 고양이 식당에서 아르바이트를 계속하기는 어려울 것이다. 통근 가능한 거리라고는 하지만, 됴쿄에서 지바현 기미쓰시까지를 오가는 것은 부담이 너무 크다.

이런 생각을 하는 동안 30분이 지났다. 오전이 끝나

가려 한다. 아무 일도 하지 않은 채 아르바이트 시간이 끝나간다. 일은 하나도 하지 않고 급료만 받으려니 미안한 마음이 앞섰다. 그렇지 않아도 비싼 교통비를 제공 받고 있는 상황이다.

"버스정류장까지 가보고 올게요."

출구 쪽으로 향하려는데, 고양이 식당의 명물 고양이 꼬마가 울었다.

"냐앙."

어째선지는 모르지만, 꼬마가 고토코를 불러세운 듯한 기분이 들었다. 그쪽을 바라보자 꼬마가 창밖을 바라보고 있다. 가이가 꼬마와 같은 방향을 보면서 말했다.

"오신 모양입니다."

창밖을 볼 여유도, 대답할 여유도 없었다. 3초 뒤, 고양이 식당의 문이 열렸다.

"늦어서 정말 죄송합니다. 예약한 미야타 게이타입니다."

식당에 들어오자마자 남자는 고개를 숙여 인사했다. 40세치고는 젊어 보였지만, 조금 긴 머리카락에는 흰머리가 드문드문 섞여 있다. 와이셔츠에 넥타이 차림이었는데, 오래 착용해 온 것인지 연식이 느껴졌다.

어서 오세요, 하고 미처 말하기도 전에, 게이타가 물었다.

"이제부터라도 괜찮을까요?"

추억 밥상을 말하는 것일 것이다. 이렇게 늦었으니 걱정이 될 만도 하다.

예약 전화를 받은 가이로부터 대충의 사정은 들었다. 약 1년 전, 게이타의 어머니는 뇌경색으로 갑작스럽게 세상을 떠났다. 그 어머니와 만나고 싶어서 고양이 식당에 예약을 했다고 한다. 단지 만나서 무엇을 할 것인지까지는 듣지 못했다.

"꼭 해야 할 말이 있습니다."

전화로는 그렇게 말했다고 한다. 어머니를 원망하고 있다고도 받아들여질 수 있는 발언이었다. 어머니에게 원망을 늘어놓기 위해 여기까지 온 것일까?

그리고 또 하나 신경 쓰이는 것이 있다. 바로 가방이다. 캔버스 소재의 에코백을 어깨에 멨는데, 어깨끈을 손으로 꼭 붙잡고 있다. 마치 큰돈이라도 들어 있는 것처럼 절박하게 붙잡고 있는 데다, 이마에는 땀이 흥건했다.

"이렇게 늦어 버려서, 역시 안 될까요?"

게이타는 다시 한 번 물었다. 반쯤 포기한 듯한 얼굴을 하고 있었다. 연락도 없이 1시간 반이나 늦어 버렸으니, 보통 가게라면 취소를 당해도 할 말이 없다.

그러나 가이는 달랐다. 고양이 식당은 보통 식당이 아니니까.

"아니요. 괜찮습니다. 창가 자리로 앉으시겠어요?"

아르바이트생의 업무는 요리 준비를 돕고 뒷정리를 하는 것, 그리고 손님을 마중 나가는 것이었다. 요리는 가이가 만들고, 서빙도 직접 한다. 그래서 손님이 있는 동안에 고토코가 할 일은 차를 내가는 정도밖에 없다.

가이가 요리를 만드는 동안 손님을 상대하면 되겠지만, 추억 밥상을 주문하는 손님은 생각에 잠겨 있을 때가 많아서, 대부분 말을 걸 만한 분위기가 아니다.

하지만 이날은 게이타 쪽에서 먼저 말을 걸었다.

"휴대전화 충전을 좀 할 수 있을까요?"

충전기를 가지고 다니는 모양이다. 늦는다는 연락

이 없었던 것은 배터리가 다 닳았기 때문이었는지도 모른다.

오래된 건물에는 콘센트 수가 적기 마련인데, 고양이 식당도 예외는 아니어서 한 군데밖에 없었다.

"저쪽에 있습니다. 편하게 사용하세요."

고토코는 괘종시계 옆을 가리켰다. 그 옆에는 안락의 자가 있어서, 꼬마가 내 것이라는 얼굴로 앉아 있었다. 두 사람의 대화를 듣고는 콘센트 사용 허가를 내리기라 도 하듯이 냐앙 하고 울었다.

"정말 고맙습니다."

고토코에게 고맙다는 인사를 하고 게이타는 충전을 시작했다. 휴대전화가 눈에 들어왔는데, 최근에 나온 기 종은 아니었다. 충전기도 오래된 모양으로, 코드가 짧아 게이타의 자리까지 닿지 않았다.

"충전이 끝날 때까지 안락의자 위에 두어도 될까요?"

"네, 그럼요."

"감사합니다."

게이타는 안락의자 한쪽 구석에 휴대전화를 올려놓 았다. 꼬마가 신기한 듯이 충전기에 불이 들어온 것을 보고 있다. 그러나 만지려고는 하지 않는다. 휴대전화를 건드릴 걱정은 없어 보인다.

이윽고 부엌문이 열렸다. 요리가 완성된 것이다. 가이의 모습보다 고소한 냄새가 먼저 코에 와 닿았다. 참기름 냄새였다.

"오래 기다리셨습니다."

가이가 나타나, 테이블에 요리를 차렸다. 가라아게*다. 하지만 닭고기로 만든 것이 아니다.

지바현은 가고시마현과 미야자키현에 이어 전국 3위의 양돈 규모를 자랑한다. 역사도 오래되어서, 지바현 홈페이지의 정보에 의하면 1830년대에 이미 양돈업자가 있었다는 기록이 있다고 한다.

고구마, 간장박**, 정어리 어박***, 쌀겨 등을 먹여 키운 지바산 돼지는 육질이 부드럽고 맛이 좋기로 유명하다.

* 고기에 밑간을 한 뒤 튀김옷 없이 녹말가루만 얇게 입혀 튀겨낸 요리. 가정집에서 흔히 먹는 요리로, 일반적으로는 닭고기로 만드는 경우가 많다.

* 간장을 담그고 건져낸 찌꺼기.

** 물고기에서 어유(생선 기름)를 짜내고 남은 찌꺼기. 사료, 비료 등으로 사용한다.

가이는 그중에서도 삼겹살 부위를 사용해서 가라아게를 만들었다. 만드는 방법은 닭고기 가라아게와 크게 다르지 않다.

얇게 썬 삼겹살을 한입 크기로 잘라 청주, 간장, 다진 생강, 다진 마늘 등의 양념을 넣어 고루 주무른 뒤 15분 정도 재웠다가 전분을 묻혀 달라붙지 않도록 조심하면서 튀겨낸다.

"중불에 천천히 튀겨냈습니다."

가이가 게이타에게 설명했다. 사실 고토코는 이미 맛을 보았다. 추억 밥상의 주문이 들어오면 가이는 손님에게 내기 전에 미리 만들어 본다고 한다. 처음 만드는 요리도 있으니까 프로로서는 당연한 자세라 하겠다.

고토코가 맛을 본 것은 오늘 아침의 일이다. 고양이 식당에 출근하자 삼겹살 가라아게가 완성된 참이었다. 인사할 겨를도 없이 바로 가이에게 부탁을 받았다.

"맛을 좀 봐주시겠습니까?"

"아…… 네."

태어나서 처음 먹어보는 요리였다. 돼지고기 가라아게는 처음이었기 때문에 망설이며 조심스레 입에 넣었다. 솔직히 말하면 닭고기 가라아게만큼 맛있지는 않을 거라고 생각했다. 하지만 그것은 착각이었다.

삼겹살 가라아게는 씹은 순간, 바사삭 소리가 났다. 바삭한 식감과 함께 튀김의 고소한 향이 코를 간질였다. 그리고 돼지고기에서 육즙이 흘러넘쳤다. 참기름과 생강, 마늘이 돼지고기 냄새를 지우고 감칠맛만을 이끌어 내고 있다.

"처음 먹어봤는데, 굉장히 맛있네요."

"저도 처음 만들어 봤습니다."

가이는 이 말을 시작으로 이번 예약자의 사연을 이야기해 주었다.

"미야타 게이타 님의 어머니가 즐겨 만드신 요리라고 합니다. 돌아가신 날에도 삼겹살 가라아게를 만드셨다고 합니다."

그 모습이 떠올랐다. 늙은 어머니가 중년에 접어든 자식을 위해서 식사를 준비하고 있다. 아들을 위해서 죽기 직전까지 요리를 만들었던 것이다.

테이블에 삼겹살 가라아게를 내려놓은 뒤, 가이가 침

착하게 주문을 확인했다.

"예약하신 추억 밥상입니다. 이 요리가 맞으십니까?"

질문을 받은 게이타의 모습은 좀 이상했다.

"아…… 네."

고개를 끄덕였지만 먹으려고 하지 않는다. 젓가락을 들지도 않고 두 사람 몫의 추억 밥상을 가만히 바라만 보고 있다.

왜 그러는 걸까?

먹지 않으면 기적은 일어나지 않는다. 죽은 사람과 만날 수 있는 것은 추억 밥상이 식기 전까지다. 저러다가는 먹기도 전에 다 식어 버릴 것 같았다.

말을 거는 편이 좋을까? 하지만 가이가 아무 말이 없다. 고토코가 망설이는 사이에 간신히 게이타가 움직이기 시작했다.

"잘 먹겠습니다."

그렇게 말하면서도 젓가락에는 손을 뻗지 않는다. 대신 자신의 가방을 열었다. 도시락통이 들어 있다.

식당에 도식락통을 가져오다니?

무엇을 하려는 건지 이해가 되지 않았다. 삼겹살 가

라아게를 먹지 않고 싸갈 생각인 걸까? 어느 쪽이든 이상한 행동이다.

게이타는 도시락통을 테이블에 꺼내놓고, 뚜껑을 열었다. 안에 들어 있는 음식이 보였다.

"어?"

저도 모르게 소리를 냈다. 의아한 마음이 놀람으로 바뀌었다.

그 안에 담겨 있던 것은 삼겹살 가라아게였다. 주문한 것과 같은 요리가, 도시락통에 들어 있었던 것이다.

또, 실수를 하고 말았다.

고토코가 놀라는 소리를 듣고서야 게이타는 자신의 실수를 눈치챘다. 소심한 성격이면서도 한군데 정신이 팔리면 앞뒤를 생각하지 않고 일을 저지른다. 식당에 와서 도시락을 꺼내는 것은 비상식적인 행동이다. 적어도 양해를 구한 뒤에 꺼내야 했다. 서둘러 사과했다.

"죄, 죄송합니다."

"신경 쓰지 마세요."

가이는 침착하고 친절했다. 눈치를 주기는커녕 비상

식적인 행동을 한 게이타를 배려해 주었다.

"괜찮다면 전자레인지에라도 도시락을 데워 드릴까요?"

당연히 도시락은 완전히 식어 있었다. 조금 망설였지만, 가이의 호의에 기대기로 했다.

"그럼 좀 부탁드리겠습니다."

"접시에 담지 않고 도시락통 그대로 데우는 편이 좋겠지요?"

고양이 식당의 주인은 천리안이 아닐까. 게이타가 무엇을 하려고 하는지 전부 다 꿰뚫어 보는 것 같다. 도시락통 그대로 전자레인지에 데워서 가져다 주었다.

테이블 위가 온통 삼겹살 가라아게로 가득 찼다. 전부 다 맛있어 보였다. 갓 지은 밥과 된장국이 함께 차려졌다. 아침 일찍 집을 나섰기 때문에 게이타는 배가 고팠다.

"맛있게 드십시오."

"예, 그럼 잘 먹겠습니다."

다시 한번 손을 모으고, 먼저 가이가 만든 삼겹살 가라아게를 입에 넣었다. 도시락을 꺼내고 데우고 하는 통

에 이제 뜨겁지는 않았지만, 아직 충분히 따뜻하다. 그리
고 맛있는 냄새가 났다.

한 입 씹은 순간, 바삭 소리가 났다. 생강과 마늘의 향
이 느껴진다. 간장 베이스의 양념이 배어든 돼지고기의
감칠맛이 입 안 가득 터져 나왔다.

이 맛이다.

다른 사람이 만들었는데도, 어머니가 만들어준 삼겹
살 가라아게의 맛 그대로였다.

삼겹살 가라아게는 게이타가 좋아하는 음식이다. 학
교에서 마음 상하는 일이 있어도 어머니의 가라아게를
먹으면 힘이 나는 것 같았다. 싫어하는 공부나 운동을 해
야 할 때도 포기하지 않고 해낼 수 있었다.

하지만 취직을 하고부터는 그것도 통하지 않았다. 삼
겹살 가라아게를 먹어도 힘이 나지 않았다. 일을 그만두
고 방 안에만 틀어박히다 못해 어머니께 화풀이까지 하
는 못난 짓을 하고 말았다.

한심하기 짝이 없다.

어머니를 뵐 낯이 없었다.

효도만 하기에도 부족한데, 남들처럼 일하는 모습을

보여서 안심시켜 드리지조차 못했다.

어머니의 마음을 생각하면 자신의 부족함에 가슴이 답답해졌다.

아무것도 못했던 자신이 후회스럽기만 했다.

아직 하나밖에 먹지 않았는데, 식욕이 사라졌다. 계속 앞을 보고 있기가 힘겨웠다. 젓가락질이 멈췄다. 그리고 그대로 고개를 푹 숙였을 때였다.

괜찮아.

실패하더라도, 결국엔 다 잘 될 거야.

분명히 그런 말이 들렸다. 그 목소리가 게이타에게 용기를 불어넣었다. 정말로 잘 될 거라는 기분이 들었다. 푹 숙이고 있던 고개를 들었다. 그 순간, 꼬마가 울었다.

"냐아아."

뭔가 이상하다. 소리가 먹먹하게 들렸다.

"무슨 일이니?"

꼬마 고양이에게 질문을 하다가 얼굴을 찌푸렸다. 게이타의 목소리도 이상했다. 꼬마의 울음소리와 똑같이 먹먹하게 울려서 들렸다.

목소리가 아니라 귀가 이상해진 것일까?

아직 가는귀를 먹을 나이는 아니지만, 난청은 나이 외에 다른 원인으로도 일어날 수 있다.

게이타는 불안해졌다. 병에 걸리고 싶지 않았다. 일단 식당 직원을 찾아보려고 하다가, 이상한 일이 일어났다는 것을 눈치챘다.

우선 가이와 고토코가 사라졌다. 그리고 괘종시계의 바늘이 멈춰 있다. 파도 소리와 괭이갈매기 울음소리도 더 이상 들리지 않는다는 것을 깨달았다.

"뭐지, 이건."

그렇게 중얼거리면서 창밖을 봤다가, 심장이 철렁했다.

"말도 안 돼. 거짓말이지?"

파도가 멈춰 있었다. 잔잔해졌다는 뜻이 아니다. 일시 정지 버튼을 누른 것처럼 그대로 멈춰 있다. 마치 정지화면 같이 꼼짝도 하지 않는다.

생각지도 못한 광경에 눈앞에 캄캄해졌지만, 넋을 놓고 있을 때가 아니다. 여기만이 아니라 온 세상에 이변이 일어났다고 생각한 것이다.

연락을 하려고 휴대전화를 보았다. 전기는 멈추지 않았는지, 충전 중이라는 불이 켜져 있다.

의자에서 벌떡 일어나, 충전 중인 휴대전화에 손을 뻗으려 했을 때였다. 꼬마가 다시 한번 울었다.

"냐아."

어쩐지 의미가 있는 듯한, 뭔가를 알려주는 듯한 울음소리였다. 그쪽을 바라보자 꼬마는 출입구를 바라보고 있었다. 수상한 소리라도 들었는지 작은 귀가 움찔움찔 움직였다.

"뭐가 있니?"

다시 물어보면서 귀를 기울이자, 식당 밖에서 발소리가 들렸다.

"……손님이 왔나?"

"냐앙."

꼬마가 대답하듯이 울자 출입문이 열렸다. 게이타는 할 말을 잃었다. 고양이 식당에 들어온 것은 얼굴이 보이지 않는 그림자였다.

기묘한 그림자였다.

인간의 형태를 띠고 있지만 얼굴은 보이지 않는다. 얼굴에만 덧칠을 한 것처럼 그늘이 져 있다. 그런 기묘한 '뭔가'가 이쪽으로 다가오는데도 무섭지 않았던 것은 그림자의 정체를 어쩐지 알 것 같았기 때문이다.

그림자가 게이타의 테이블에 다가와 소리 없이 맞은 편 자리에 앉았다. 추억 밥상이 놓인 자리다.

"……좀 드시겠어요?"

머뭇거리며 말을 걸자. 그림자가 고개를 끄덕였다. 그 것이 신호라도 된 듯이, 삼겹살 가라아게에서 김이 피어 올라 그림자에 스며들었다. 그러자 얼굴이 나타났다.

예순이 넘어 보이는 푸근한 인상의 여성이다.

생각한 대로의 얼굴이다. 인터넷에서 본 고양이 식당 의 이야기는 정말이었다.

"어머니……."

게이타의 앞에 죽은 어머니가 나타난 것이다.

환각 : 실재하지 않는 것을 마치 존재하는 듯이 인식하는 것. 예를 들면 실제로는 없는 것이 보이고, 소리가 나지 않는데도 들리는 것과 같은 현상.

사전에는 이렇게 설명되어 있다.

죽은 자가 나타난다는 이야기를 듣는 것은 게이타에게는 그리 드문 일이 아니다. 요양시설에서는 매일같이 그런 체험담이 들려온다.

죽은 친구와 산책을 하고 왔다.

저세상에 있는 부모님이 내가 걱정돼서 보러 왔다.

불의의 사고로 죽은 친구가 옛날 이야기를 하고 싶다며 찾아왔다.

세상을 떠난 요양시설 동료가 나를 만나러 왔다.

저세상에서 기다리겠다더라.

그렇게 말하는 노인들의 얼굴은 즐거워 보였다. 아주 오래전에 철거된, 어린 시절에 살았던 집이 나타났다는 이야기도 들었다. 지금은 간척지가 되어 볼 수 없는 바다를 봤다는 노인도 있었다.

고양이 식당에 나타난 어머니도 환각일까?

알 수 없는 일이다.

환각인 것 같기도 하고, 꿈을 꾸는 것 같기도 하다. 현실에서 일어나는 일이라고는 생각되지 않았다.

그런 게이타에게 어머니가 말을 걸었다.

"만나러 와 주었구나. 고맙다."

목소리가 젖어 있다. 어머니가 돌아가신 것은 1년 전이지만, 제대로 얼굴을 보고 이야기를 나누는 것은 20년 만이다. 20년간 방안에 틀어박혀 어머니의 말에 제대로 대답도 하지 않고 지냈으니까.

어머니가 죽음을 맞이한 순간의 얼굴이 뇌리에 떠올랐다. 아무것도 해 드리지 못한 자신의 부족함을 떠올리니 다시 가슴이 답답해졌다.

말이 나오지 않았다. 원래도 말수가 적은 편이다. 어머니도 그랬다. 추억 밥상을 사이에 두고 침묵이 흘렀다.

고요했다.

꼬마까지도 입을 다물고 있다.

평화로운 정적 속에서 게이타의 머릿속에 뭔가가 떠올랐다.

죽은 자와 만날 수 있는 것은 추억 밥상이 식기 전까지이다.

고양이 식당 주인의 블로그에 쓰여 있던 말이다. 어머니와의 시간이 계속 이어지는 것은 아니라는 뜻이다.

뭔가 말을 해야 한다.

어머니에게 말을 걸어야 한다.

생각은 그렇게 했지만, 역시 선뜻 말이 나오지 않았다. 무엇을 말하려 했는지를 잊어버렸다. 여기까지 왔는데, 추억 밥상을 예약해서까지 찾아왔는데, 꼭 하려고 했던 그 말이 머릿속에서 사라져 버렸다.

이렇게 아무 말도 못하고 시간을 보내 버리다니.

이런 순간마저도 나는 정말 못난 놈이다.

그렇게 생각하며 입술을 깨물고 있는데, 괘종시계 쪽에서 짧은 진동음이 들려왔다. 충전 중이던 휴대전화의 화면에 불이 들어와 있다. 문자가 온 것이다.

테이블을 잠시 벗어나 휴대전화를 손에 들었다. 아직 충분히 충전되지는 않았지만, 문자는 읽을 수 있었다.

화면을 보자 그녀의 이름이 보였다.

시오리

게이타를 그렇게 혼내며 혹사시키던 요양시설의 주임이 보내온 문자였다.

거기에는 딱 한 마디, 이렇게 쓰여 있었다.

힘내요

1년 전, 당장 그만두겠다고 생각하면서도 요양시설의 아르바이트를 계속했다. 이직을 하지 않은 것은 다른 곳에 면접을 보러 가기가 두려웠기 때문이다. 어딜 가든 또 무시를 당할 거라고 생각했고, 채용해 주는 곳이 있을 것 같지도 않았다.

요양시설에서 아르바이트를 하면 실수를 하고 혼날 때마다 기분이 언짢아질지언정 일단 먹고 살 수 있는 정도의 돈을 벌 수가 있었다.

그리고 어머니에 대해서 기억하고 있는 직원과 이용자도 많아서, 가끔씩이나마 말을 걸어주곤 했다. 성이 아니라 '게이타 씨'라고 이름으로 부르는 사람도 있어서 쑥스러웠지만, 방에 틀어박혀 있을 때는 불가능했던 대화가 오갔다.

어머니에 대해서 모르는 사람도 말을 걸어주었다. 예를 들면 가부라키 다카오라는 이름의 이용자가 그랬다.

"어이, 형씨, 저번엔 미안했네."

화장실에 갈 때 손을 잡아 드렸다가 호되게 혼이 난 적이 있는데, 그때의 일을 사과하는 것이었다.

"저야말로, 아무것도 모르고 실수를 했습니다."

사과를 한 것은 시오리에게 혼났기 때문이 아니다. 그 뒤로 가부라키의 사정을 알게 되었기 때문이다. 그는 다시 뭐든지 혼자 할 수 있게 되어서 집으로 돌아가고 싶어 했다. 자신을 위해서가 아니었다.

"마누라가 외로워해서 말이야."

가부라키는 말했다. 참고로 그의 아내는 이미 세상을 떠났다. 하지만 가부라키는 농담을 하는 것도, 치매에 걸린 것도 아니다.

"마누라는 그 집을 좋아했으니까 말이야. 분명 거기 있을 거라고. 지금도 내가 돌아오기를 기다리고 있을 것만 같거든."

가부라키 부부에게는 아이가 없어서 아내가 세상을 떠나기까지 둘이서만 살아왔다고 한다. 가부라키가 입원한 뒤로 그 집은 빈집이나 마찬가지인 상태다.

"그래서 하루라도 빨리 돌아가야 돼. 혼난단 말이야.

어쨌든 결혼할 때 마누라와 약속했으니까."

"약속이요?"

"그래, 계속 지켜주겠다고 말해 버렸지 뭔가. 쓸쓸하게 혼자 두지 않을 거라고. 살아서는 물론, 죽은 뒤에도 지켜주겠다고 했어. 영원히 함께 있겠다고 말이야. 그때 입을 잘못 놀린 탓에 여태 사서 고생을 하고 있다니까."

그렇게 말하면서도 가부라키의 얼굴은 행복해 보였다. 시오리는 그것을 알고 있었던 것이다. 아무도 없는 집에 문제는 없는지 가끔 상태를 확인하러 가준다고 했다.

"말은 험하지만, 착한 사람이야. 이런 노인네에게 신경을 다 써주고 말이야. 너무 싫어하지 말아주게나."

게이타가 혼난 것을 알고는 마음을 풀어줄 생각으로 한 말일 것이다. 가부라키만이 아니라 다른 입주자들에게도 시오리는 호감을 사고 있었다.

"이런저런 말을 듣다 보면 화가 날 때도 있겠지만, 주임이 악의가 있어서 한 말은 아니야. 그러니까 화내지 말고 사이좋게 지내주게나."

"아…… 예."

게이타는 그러겠다고 대답했다. 시오리에게 야단을 맞고 혼자 화를 냈던 자신이 한심할 뿐이었다.

그날은 아침부터 차가운 비가 추적추적 내렸다. 비가 오면 몸도 마음도 편치 않은 이용자가 많다. 분명 바빠질 것이다.

"기운 내서 바짝 일하자! 적어도 다른 직원에게 방해는 되지 말아야지."

그런 생각을 하면서 요양시설 앞에 도착했을 때였다.

정문 옆에 종이상자 하나가 놓여 있는 것이 눈에 띄었다. 저게 뭘까 미처 생각하기도 전에 가느다란 울음소리가 들렸다.

"옹냐아."

"아니, 이건……."

예상한 대로였다. 종이상자 안을 들여다보자 고양이가 한 마리 있었다. 손바닥에 올려놓을 수 있을 정도로 작은 아기 고양이다. 젖소처럼 희고 검은 털에, 이마 위의 좌우로 갈라진 무늬가 마치 가르마를 탄 것 같다.

누가 버린 모양이다. 갓 태어난 아기 고양이를 버리

는 사람이 아직도 이렇게 있다니. 최근에는 줄어들었다고 하지만, 그래도 없지는 않은가 보다.

"너무하네."

이 빗속에 이렇게 작은 고양이를 내버려두면 죽을지도 모른다. 추운 듯 몸을 잔뜩 떨고 있다. 그냥 보고 있을 수가 없어서 우산을 씌워주었다.

"냐아앙."

아기 고양이가 고맙다는 듯이 울었지만, 게이타는 대답할 상황이 아니었다. 이 고양이를 어떻게 하면 좋을지 고민이 되었다.

이대로 죽게 내버려둘 수는 없다. 하지만 직장에 데려갈 수도 없다. 요양시설에 동물을 데려오는 것은 금지되어 있다. 고양이 알레르기가 있는 이용자가 있을 수도 있으니까.

아르바이트를 하루 쉴까 생각했지만, 전혀 해결책이 될 것 같지 않았다. 게이타의 아파트는 동물을 키우는 것이 금지되어 있다. 오랫동안 틀어박혀 살았던 탓에 친구도 없고, 돌봐달라고 부탁할 만한 사람도 없다. 일을 쉬더라도 고양이를 옆에 끼고 전전긍긍할 것이 뻔하다.

아니, 이미 전전긍긍하고 있다. 아기 고양이에게 우산을 씌워주려다 보니 등이 젖어들기 시작했다. 차갑다. 이러다 감기에 걸릴지도 모르겠다.

"냐아?"

아기 고양이가 고개를 갸우뚱하며 게이타를 바라본다. 그 얼굴이 귀여워 보여 더욱 죽게 내버려 둘 수는 없다는 생각이 들었다.

하지만 고양이를 구할 방법은 여전히 떠오르지 않는다. 아무리 생각해도 길이 없다. 아무것도 하지 못하고 등을 비에 적시고 있는데, 누군가가 말을 걸어왔다.

"거기서 뭐 해요?"

익숙한 목소리가 들렸다. 시오리다. 이제 퇴근을 하는 모양이다. 밤 근무가 끝난 참인지 피곤한 얼굴을 하고 있다.

시오리는 시간에 엄격하다. 당연한 일이지만, 상사로서 게이타의 근무시간도 파악하고 있다. 이런 데서 딴짓을 한다고 혼날 거라고 생각했다.

하지만 그 예상은 빗나갔다. 시오리는 화내지 않았다.

"어머나, 고양이네."

이렇게 말하며 상자 앞에 몸을 숙였다.

"누가 버린 모양입니다."

업무 시간도 아닌데 보고하는 말투가 나와 버렸다. 항상 혼나기만 한 탓인지, 그녀 앞에 서면 긴장이 되었다.

"보면 알아요."

말투는 퉁명스러웠지만, 고양이를 보는 눈은 다정했다. 쪼그리고 앉은 탓인지, 평소의 잔소리쟁이 상사가 지금은 어린아이처럼 보였다.

종이상자를 계속 들여다보면서 시오리가 게이타에게 물었다.

"이 고양이, 어떻게 하려고요?"

"그건……."

대답을 할 수가 없었던 건, 그것을 고민하고 있던 참이기 때문이다. 말하지 않아도 알 것 같았는지, 시오리는 납득한 듯이 중얼거렸다.

"아아, 그랬구나."

그리고 게이타에게 지시했다.

"일하러 가요."

"하, 하지만……."

고양이를 버리라는 뜻인 줄 알았다. 하지만, 아니었다. 시오리의 입에서 나온 것은 의외의 말이었다.

"괜찮아요."

"네?"

"책임지고 동물병원에 들러서 우리 집으로 데려갈 테니까."

"집으로 데려간다고요?"

"응. 집 지키는 고양이로 데리고 있겠어요. 요즘 세상이 흉흉하니까."

"고양이보고 집을 지키라니……."

갓 태어난 고양이가 도움이 될 리가 없다.

"됐으니까 얼른 일이나 가요. 고양이 돌보기는 나에게 맡기고, 게이타 씨는 인간 돌보기에 힘써주세요."

그렇게 말하더니, 시오리는 옷이 더러워지는 것도 아랑곳하지 않고 아기 고양이를 안아 들었다. 고양이는 놀란 듯이 몸을 부르르 떨었지만, 곧 시오리에게 매달렸다.

저녁이 되었다. 아르바이트가 끝나서 요양시설을 나서려던 참이었는데 주머니의 휴대전화가 울렸다.

번호를 알고 있는 것은 직장 사람들뿐이라, 시설에서 다시 호출이 온 줄 알았다. 돌봄 현장에는 항상 인력이 부족하다. 아슬아슬한 사람 수로 돌아가고 있기 때문에 갑자기 일손이 필요해서 호출을 받고 불려가는 경우가 적지 않았다.

집에 있어봤자 할 일도 없기 때문에, 게이타는 꼬박꼬박 전화를 받곤 했다. 오늘도 그럴 생각이었다.

시간외 근무를 부탁하는 전화일 거라고 생각하며 휴대전화를 봤는데, '에지리 주임'이라는 글자가 떠 있었다. 시오리로부터의 전화다. 게이타는 전화를 받았다.

"……여보세요."

"업무 관련도 아닌데 전화해서 미안해요."

통화는 그렇게 시작되었다.

업무 관련이 아니라니?

시간외 근무를 부탁하려는 게 아니라면, 무슨 일일까? 의아하게 생각하고 있는데 시오리가 갑자기 이렇게 말했다.

"고양이는 잘 있다고요."

"네?"

"아침에 그 고양이 말이에요. 병원에 데려갔는데 건강에는 이상 없다고 하네요."

그 말을 증명이라도 하듯이, 타이밍 좋게 고양이의 울음소리가 들려왔다.

"웅냥."

소리가 가까이에서 들렸다. 고양이를 안고 전화를 하고 있는지도 모른다. 가르마 무늬 고양이를 끌어안은 시오리의 모습이 떠올랐다.

"걱정할 것 같아서요."

굳이 전화까지 한 이유를 변명이라도 하는 것 같았다. 하지만 게이타는 전혀 걱정하고 있지 않았다. 시오리가 맡아준다면 문제없을 거라고 생각했기 때문이다. 아기 고양이가 행복하게 살 거라고 믿어 의심치 않았다.

"그게 다예요."

시오리는 게이타의 대답을 듣지 않고 전화를 끊었다.

그로부터 며칠 뒤, 시오리와 같은 시간에 일이 끝나는 날이었다. 다른 직원이 없는 때를 노려 게이타는 봉투를 내밀었다.

"주임님, 이거……."

"응? 뭐예요?"

"고양이의 병원비입니다."

시오리에게 건네려고 미리 준비한 돈이었다. 인터넷을 뒤져서 어림잡은 비용을 봉투에 넣어 가져왔다.

시오리는 받지 않고 고개를 저었다.

"그럴 필요 없어요. 이제 우리집 고양이니까."

"그래도 발견한 건 저니까요."

고양이가 죽지 않고 산 것은 그녀 덕분이다. 버려진 아기 고양이가 행복한 삶을 얻었으니, 적어도 병원비 정도는 내고 싶었다.

"……알았어요."

결국 시오리는 고개를 끄덕이고, 봉투를 받아들었다. 봉투에는 게이타의 거의 전 재산이 들어 있다. 저금했던 돈을 거의 탈탈 털어야 했다. 생활은 힘들어지겠지만, 마음은 편해졌다. 받아주어서 다행이다. 큰일을 하나 끝낸 기분이 들었다.

"그럼, 전 이만 가보겠습니다."

인사를 하고 집으로 향하려는데, 시오리가 게이타를

불러 세웠다.

"잠깐만요."

"네?"

"아르바이트, 이제 끝났죠? 혹시 시간 좀 있으면 지금 집에 들러서 고양이 보고 갈래요?"

"네?"

"돈을 냈다는 건 게이타 씨의 고양이기도 한 거니까."

평소와 똑같은 말투였지만, 이때만큼은 이상하게 말이 빨랐다.

"싫으면 됐고요."

"싫다뇨……. 하지만 갑자기 실례가 될 것 같아서."

그녀의 가족이 신경 쓰였다.

"괜찮아요. 혼자 사니까."

부모님은 돌아가셨고, 형제도 없어 단독 주택에 혼자 산다고 했다. 시오리는 혈혈단신이었다.

"하치스케, 손님이야."

현관문을 열면서 시오리가 말했다. 그 이름은 가는 길에 들었다. 그녀가 가르마 무늬 고양이에게 붙여준 이름이다.

시오리가 돌아오기를 기다린 모양이다. 하치스케는 현관 바로 앞에 있었다.

"웅냥."

대답하듯이 울고 나서, 게이타를 기억하는지 몸을 비벼왔다. 머리를 쓰다듬어 주자, 목구멍에서 골골 소리를 냈다. 기분이 좋아 보이는 얼굴이다. 그 모습을 보고 시오리가 말했다.

"게이타 씨가 좋은가 봐요."

가슴이 덜컹 내려앉았다. 고양이의 기분을 대신 장난스럽게 말해준 것뿐인데, 가슴이 쿵쾅거렸다.

오랫동안 방에만 틀어박혀 지내온 게이타였지만, 이 기분의 정체는 금방 알아차렸다. 다섯 살이나 연하인 상사를 좋아하게 된 것이다.

어째서?

생각해봐도 이유는 모르겠다. 사랑에 빠지는 이유를 어찌 알 수 있을까. 그리고 어떻게 해야 할지도 알 수가 없었다.

아니, 어떻게도 할 필요가 없다. 아무것도 하지 않는

것이 정답이다. 인생의 태반을 방구석에서 보내온 마흔 살 남자에게, 누군가를 좋아할 권리는 없다.

아기 고양이 덕분에 이렇게 둘만의 시간을 보낼 수 있게 되었다. 앞으로 평생을 혼자 살아가겠지만, 좋은 추억이 생겼으니 그걸로 만족할 생각이었다.

그렇게 생각하고 있는데, 시오리가 말을 걸었다.

"별거 없지만, 밥 먹고 가요. 아르바이트 끝나고 아무것도 안 먹었죠?"

"하지만……."

"나도 밥 먹어야 하니까, 겸사겸사. 아, 하지만 맛은 기대하지 말아요."

게이타를 집안으로 안내하고 식사를 만들어 주었다. 마음은 편치 않았지만, 행복한 시간이었다.

아무 일 없이 일주일이 지났다. 시오리에 대한 마음을 겉으로 드러내는 일 없이, 게이타는 아르바이트를 계속했다.

그러던 어느 날. 시오리가 일을 쉬었다. 아침 일찍 전화가 왔다고 한다.

"감기에 걸려서 열이 있다고 해요."

자기관리를 철저히 하는 시오리가 감기에 걸리다니, 흔치 않은 일이다. 전화를 받은 직원이 모두를 안심시키려는 투로 말했다.

"심한 감기는 아닌 것 같아요. 만일을 위해 쉬겠다고 그러셨거든요."

요양시설에는 고령자가 많이 입소해 있는 만큼, 감염에 주의를 기울여야 한다. 하물며 시오리는 이용자들과 접촉하는 일이 많은 사람이다. 그런 만큼 신중을 기해서 쉬는 거라고 다들 생각하는 것 같았다. 생전 아픈 적이 없더니 해가 서쪽에서 뜨려나, 하며 농담을 던지는 사람도 있었다.

하지만 게이타는 걱정이 되었다. 증상이 갑자기 악화될 수도 있고, 안 그래도 혼자 사는데 병에 걸리면 마음이 허해지기 마련이니까.

먹을 것은 있을까?

약은?

병원에는 갔다 왔을까?

집에서 쓰러진 건 아니겠지?

화장실에 쓰러져 있던 어머니의 모습이 떠올랐다. 그때 배운 것이 하나 있다. 사람은 죽는다. 아무리 튼튼해도, 불사신이 될 수는 없다. 병을 이겨낼 장사는 없다.

안절부절 못하던 게이타는 근무 시간이 끝나기만을 기다렸다가 시오리의 집에 가보기로 했다.

감기약과 과일을 사서 시오리의 집으로 향했다. 집안까지 들어갈 생각은 없었다. 사 온 물건들은 건네고 바로 돌아갈 생각이었다.

며칠 전에 와봤기 때문에 가는 길은 기억하고 있다. 금방 시오리의 집에 도착했고 눈앞에 현관이 보였다.

하지만 초인종을 누를 용기가 없었다. 일단 오던 길을 되돌아갔다가 다시 기세를 몰아서 초인종을 누르려고 했지만, 결국 하지 못했다. 그런 식으로 왔다갔다하며 망설이는 사이에, 문득 정신을 차렸다.

"민폐겠지."

집앞까지는 와서 그렇게 중얼거렸다. 아무리 걱정이 된다고 해도 아파서 누워 있는 여자 집에 찾아오다니, 잘못 생각했다. 적어도 전화는 하고 와야 했다. 아니, 아예

오지 말았어야 했다.

사 온 물건들을 그냥 현관 앞에 두고 갈까도 생각했지만, 그것도 역시 기분이 나쁠 것 같았다. 신고를 당할 정도는 아니라도, 시오리가 달가워할 리 없다. 이미 늦었는지도 모르지만, 그녀에게만큼은 미움받고 싶지 않았다.

돌아가야겠다. 뭘 두고 갈 생각도 하지 말고, 전화도 하지 말고 그냥 돌아가자. 그러면 아무 일 없었던 걸로 끝난다.

그렇게 결심하고 발걸음을 돌리려는 순간, 게이타의 발밑에서 고양이의 울음소리가 들렸다.

"웅냐앙."

들어본 적이 있는 울음소리다.

"어?"

아래쪽을 바라보자 어느새 하치스케가 길에 나와 앉아 있었다. 갸우뚱 고개를 기울이고 이쪽을 보고 있다.

"너, 여기서 뭐 하니?"

"웅냐."

"아니, 웅냐가 아니잖아……!"

"웅냐앙."

아기 고양이와 실랑이를 하는데, 문이 열리는 소리가 들렸다. 그리고 시오리의 목소리가 날아들었다.

"게이타 씨! 하치스케 좀 붙잡아줘요!"

파자마 차림의 시오리가 현관 앞에 서 있었다.

하치스케가 도로에 있던 이유는 금방 알 수 있었다. 환기를 시키려고 창문을 연 틈에 탈주를 감행했다고 한다.

"게이타 씨 없었으면 큰일날 뻔했어요. 정말 고마워요."

시오리에게 고맙다는 말을 들었다. 말투는 평소와 다름없었고 안색도 나쁘지 않다. 감기는 나은 모양이었다.

정신을 차리자 게이타는 이미 집안에 들어와 있었다. 사 온 물건들을 건네고 돌아갈 생각이었지만, 시오리가 차라도 마시고 가라고 권했던 것이다. 사양했지만 결국 호의를 받아들이로 했다.

"주임님, 괜찮으시면 받아주세요."

늦게나마 사 온 약과 과일을 건네자 기쁘게 받아주었다. 자신의 집이니 당연한 일이지만, 시오리는 직장에 있을 때보다 편해 보였다.

"고마워요. 친절하기도 해라. 게이타 씨, 사실 인기 많죠?"

"그럴 리가요. 놀리지 마세요."

"놀리는 거 아닌데요. 고양이와 여자에게 친절한 남자가 인기가 없을 리 없잖아요."

"인기 있었던 적은 지금까지 살면서 한 번도 없었어요."

정말이었다. 학창 시절에도 인기는 없었다. 그리고 여자와는 아무런 인연이 없는 채 방에 틀어박혔다. 다시 생각해봐도, 어머니 외에는 여자와 이야기를 나눈 기억이 없다.

솔직하게 말하자 시오리가 고개를 갸웃거렸다.

"왜 그럴까. 나는 게이타 씨가 싫지 않은데."

또 심장이 덜컹 내려앉았다. 별 뜻 없이 한 말이라는 걸 알았지만 흘려 들을 수가 없었다.

"정말요?"

"응?"

"제가 싫지 않다는 거, 정말인가요?"

사랑은 사람을 유치하게 만든다. 마흔을 코앞에 둔 남자가 할 만한 말은 아니지만, 참을 수가 없었다.

물론 자신이 있어서 물었던 것은 아니다. 말한 순간, 바보 같은 질문을 했다고 후회했다. 비웃을 거야. 기분 나빠할지도 몰라. 그런 생각이 스쳤다.

예상과는 달리 시오리는 비웃지 않았다. 게이타를 무시하지도 않고, 진지한 얼굴로 대답해 주었다.

"싫었으면 집에 들이지도 않았겠죠."

기뻤다. 그걸로 충분하다. 이 이상을 바라면 벌을 받을 거다. 밝은 목소리로 "고맙습니다"라고 말하려고 했지만, 입에서 튀어나온 것은 다른 말이었다.

"좋아합니다."

태어나서 처음 한 고백이었다. 말해 놓고 게이타 스스로가 가장 놀랐다. 고백할 생각은 없었는데, 그녀를 향한 마음이 흘러넘치고 말았다.

시오리는 아무 말이 없다. 하치스케를 무릎에 올려놓은 채 게이타를 바라보고 있다. 무슨 생각을 하는지 알 수가 없다. 하지만 되돌릴 수는 없었다.

"20년 동안이나 방안에 틀어박혀 있었고, 이제 마흔

이 코앞이고, 모아놓은 돈도 없고, 직업도 아르바이트에 불과하지만, 주임님을 좋아합니다. 좋아하게 되었습니다. ……죄송합니다."

목소리도 몸도 덜덜 떨렸지만, 자신의 마음을 진솔하게 전달할 수 있었다.

침묵이 흘렀지만, 그렇게 길지 않았다. 시오리가 입을 열었다.

"무슨 말을 그렇게 해요?"

그 말은 충격이었다. 표정과 말투에서 진심으로 불쾌해하고 있다는 걸 알 수 있었다. 이럴 줄 알았다며 게이타는 어깨를 축 늘어뜨렸다. 대답을 듣기 전부터 알고 있었다. 민폐가 될 뿐이라는 것을. 이제 직장에도 있을 수 없게 될 것이다.

하지만 기 센 상사의 말은 아직 끝나지 않았다.

"여자에게 고백하면서 자신을 비하하지 말아요. 죄송하다는 말도 하지 말아요. 좋아한다면 그래서 어떻게 하고 싶은지, 분명하게 말해야죠."

"네?"

놀란 나머지 눈이 휘둥그레졌다. 시오리는 웃음기 하

나 없이 말을 이었다.

"자, 다시 한번 제대로 고백해 봐요. 그리고 주임이라고 부르지 말고 내 이름을 불러요."

"어어, 그러니까, 주, 주임님, 그 말은 그러니까……."

"주임이 아니라니까요. 시오리, 그게 내 이름이에요."

심장이 두근거려서 터져버릴 것 같았지만, 어떻게든 말을 쥐어짰다.

"시, 시오리 씨."

"네."

"시오리 씨를 좋아합니다."

게이타는 다시 한번 마음을 전달했다. 그녀의 대답은 믿어지지 않는 것이었다.

"나도 그래요."

심장이 멈출 뻔했다. 정말 믿어지지 않았다. 굳어 버린 게이타를 향해 시오리가 말을 이었다.

"나도, 하치스케도, 게이타 씨를 아주 좋아해요."

고백할 생각이었는데, 어느새 반대로 고백을 받아 버렸다. 하치스케가 진지한 얼굴로 이쪽을 보고 있다.

코가 시큰거리며 눈물이 흘러나왔다. 슬플 때나 분할

때만이 아니라, 기쁠 때도 눈물이 난다는 것을 게이타는 이제야 알게 되었다.

"고맙습니다."

그렇게 대답하는 것이 고작이었다. 20년 동안 방안에 꽁꽁 틀어박혀 있던 마흔 살의 남자는, 이럴 때마저도 한심했다.

하지만 행복했다. 시오리가 좋아한다고 말해주었으니까.

휴대전화에 저장된 이름이 '에지리 주임'에서 '시오리'로 바뀌고, 다시 6개월 뒤에는 그녀의 이름은 '미야타 시오리'가 되었다. 둘이 결혼을 한 것이다.

바뀐 것은 그것만이 아니다. 게이타는 요양보호사 자격시험에 합격하고 요양시설의 정직원이 되었다. 이제는 더이상 아르바이트가 아니다.

인생이 바뀌었지만, 모든 것이 순조로웠던 것은 아니다. 사회에서 단절되어 있던 20년의 공백은 참으로 커서, 잘 풀리지 않는 일도 많았다. 자기 비하하는 버릇도 여전하고, 금방 우울해지기도 했다.

그러나 그때마다 시오리가 게이타를 격려해 주었다.

하치스케와 내가 좋아하게 된 사람이니까 괜찮아요.

그렇게 실망하지 말아요.

혹시 실패하더라도 결국에는 잘 풀릴 테니까.

모두 잘될 테니까.

실패하더라도 결국엔 잘 풀릴 거라고, 그녀가 말하면 정말 그렇게 될 것 같은 기분이 들었다.

시오리는 게이타에게 마법을 걸어주었다. 최선을 다해 살자, 내 인생은 아직 끝나지 않았다, 이렇게 생각할 수 있게 되는 마법이다.

그리고 또 한 사람. 게이타에게 힘을 주는 사람이 생겼다. 그것을 어머니께 전하고 싶어서, 기적이 일어나는 식당을 찾아온 것이다.

"어머니, 낳아주셔서 고맙습니다. 여러 가지 일이 있었지만, 20년이나 허송세월을 하면서 어머니께는 불효만 저질렀지만, 세상에 태어나서 다행이에요. 정말 행복합니다."

고양이 식당의 창가에 앉아 어머니께 이렇게 말했다.

이런 말을 하는 날이 오리라고는 생각도 하지 못했다. 나는 계속 불행한 채로, 그렇게 살아갈 거라고 생각했었다. 혼자 살다가, 혼자 죽어갈 거라고 생각했다.

하지만 그 예상은 어긋났다. 게이타의 생각은 틀렸다.

시오리를 행복하게 해주고 싶다.

그렇게 생각한 순간, 자신이 행복하다는 사실을 깨달았다. 행복해진 것이 아니다. 이미 행복하다는 사실을 깨달은 것이다.

행복이란 내가 아닌 다른 누군가를 생각할 때 찾아온다. 좀 더 빨리 어머니를 행복하게 해주고 싶다고 생각했다면 좋았을 텐데.

언젠가처럼 코가 시큰거렸다. 그러나 울고 있을 시간이 없다. 게이타의 이야기가 너무 길어서, 삼겹살 가라아게의 김이 사라지려 하고 있었다.

추억 밥상이 식어간다. 이별의 시간이 다가오는 것이다. 어머니도 그것을 알고 있다.

"결혼 소식을 알려주려고 온 거구나."

어머니가 그렇게 물었다. 세상을 떠난 지금도 게이타를 걱정해주고 있는 것이다. 하지만 게이타는 고개를 끄덕이지 않았다.

"아니에요. 그거 말고도 다른 할 얘기가."

"그게 다가 아니야?"

"응, 또 한 가지, 어머니께 드릴 말씀이 있어요."

결혼 소식 외에도 하고 싶은 말이 있다. 그것을 말하지 않고 돌아가면 아내에게 혼이 날 것이다. 게이타는 도시락통의 삼겹살 가라아게를 가리켰다.

"시오리가 만들었어요."

"어머나, 시오리가."

어머니가 그리운 듯이 대답했다. 어머니는 아내를 알고 있다. 시오리에게 요양보호 일을 가르친 것이 바로 15년 전의 어머니였기 때문이다.

"나 말이에요, 만나기 전부터 게이타 씨에 대해서 알고 있었어요. 미야타 주임님, 그러니까 게이타 씨의 어머니께 들었거든요."

시오리가 가르쳐 주었다. 사귀게 된 뒤의 이야기다. 게이타는 어머니가 현재의 시오리와 같은 직책인 주임을 맡고 있었다는 것을 처음 알았다. 그리고 처음 안 사실은 그것만이 아니었다.

"나도 게이타 씨와 똑같았어요. 웃는 게 서툴렀거든요."

웃는 얼굴을 하는 것이 힘들어서 일을 그만두려고까지 생각했었다고 한다. 다른 사람과 의사소통을 하는 것도 서툴렀다. 처음부터 그랬던 것은 아니었는데, 그렇게 된 데는 이유가 있었다.

"초등학교 3학년 때였어요. 눈앞에서 부모님이 돌아가셨어요. 셋이서 식사를 하러 갔다가 돌아오는 길이었어요. 신나게 수다를 떨면서 길을 걷고 있는데, 갑자기 모르는 사람이 달려든 거예요. 엄마 아빠는 나를 감싸다가 칼에 맞았어요. 엄청나게 피를 쏟으면서 부모님이 죽어갔어요. 그때부터예요, 웃을 수 없게 된 것이."

지금도 상처가 낫지 않았는지, 시오리의 목소리는 시종 어두웠다.

웃는 얼굴은 중요하다. 이용자들은 직원의 웃는 얼굴을 보고 안심하기 때문이다. 웃지 못하는 직원은 여기 있어서는 안 된다고 생각했다. 웃지 못하는 탓에 다른 직원들에게 폐를 끼친다고 생각한 시오리는 일을 그만두려고 했었다.

"괜찮아."

시오리의 이야기를 듣고 게이타의 어머니가 말했다.

웃지 못해도 괜찮아.

네가 착한 사람인 걸 아니까.

다들 알아줄 거야.

모두 잘될 테니까, 괜찮아.

그러면서 어머니는 게이타 이야기를 했다고 한다. 지금
은 방에만 틀어박혀 있지만, 괜찮을 거라고 믿고 있다고.

"게이타 씨에 대해서 많이 들었어요. 어머니를 편하
게 해드리려고 노력하고 있다고. 굉장히 다정한 사람이
라고."

그 말을 들으면서 게이타는 눈물을 쏟았다. 그런 못
난 자신을 계속 믿어주었던 것이다. 포기하지 않았던 것
이다. 어머니에 대한 고마움이 가슴에 사무쳤다. 눈물이
멈추지 않았다.

게이타는 시오리에게 일을 배웠다. 돌고 돌아, 결국은

어머니로부터 물려받은 것이다. 그리고 또 하나, 이어가
려 하는 것이 있다.

"삼겹살 가라아게는 몇 살이 되면 먹을 수 있죠?"

이 질문을 하는데 다시 눈물이 흘렀다. 입술을 깨물
어도 참을 수가 없었다. 어머니의 모습이 눈물에 번져 보
였다.

"몇 살부터냐니······. 혹시······?"

알아챈 모양이다.

"네. 아이가 생겼어요. 나와 시오리의 아이. 가족이 늘
어날 거예요. 어머니는 이제 할머니가 되는 거예요."

게이타는 그것을 알리고 싶어서 찾아왔다.

아기가 태어난다. 세상에서 가장 사랑하는 아내와의
사이에서 생긴 아이다. 그래서 가능한 절약하려 애쓰고
있다. 정직원이 되면서 수입이 늘었고, 최신형 스마트폰
을 사는 것 정도는 가능하지만, 이제는 아내와 태어날 아
기를 위해서 쓰고 싶었다. 나 자신을 위해 필요한 것은
아무것도 없다. 시오리와 아이가 행복할 수 있다면, 그걸
로 충분하다.

물론 마흔 넘어서 아이를 낳는 것에 대한 불안은 있

다. 아이가 성인이 될 무렵이면 게이타는 예순이 넘을 테니 당연한 일이다.

경제적으로도 걱정이 되었지만, 그 이상으로 아이가 자신이 그랬던 것처럼 방에 틀어박히는 날이 오면 어쩌지 하고 고민도 했었다.

시오리에게 고민을 털어놓자, 그녀는 이렇게 대답했다.

"괜찮아요."

"괜찮다니, 그럴 일은 없을 거라는 뜻인가요?"

"그럴 리가요. 누구라도 주저앉을 때가 있을 테고, 도망치고 싶어질 때도 있을 거라고 생각해요."

게이타도 그렇게 생각한다. 살아가는 것은 때론 괴롭고 힘겹다. 행복해진 지금도 방 밖으로 나가고 싶지 않을 때가 있으니까.

"그래도 괜찮아요."

시오리는 게이타와 뱃속의 아이에게 말했다.

만약 태어난 아이에게 그런 일이 생긴다면, 나는 게이타 씨의 어머니처럼 할 거예요.

아이를 믿고, 언젠가는 꼭 행복하게 될 거라고, 무슨

일이 있어도 괜찮을 거라 믿으면서 삼겹살 가라아게를 만들 거예요.

언제까지고 계속.

괜찮을 거라고 믿고 계속 만들어줄 거예요.

어머니가 만드는 요리에는 아이에 대한 사랑과 행복해지기를 바라는 마음이 담겨 있다. 게이타의 어머니 역시 아들을 위해서 계속 요리를 만들어 주었다.

다시 한번 고맙다고 말하자 어머니가 젖은 목소리로 중얼거렸다.

"정말로 행복해진 게로구나……."

"네. 시오리와, 태어날 아기와, 그리고 어머니가 절 행복하게 만들어 줬어요. 저는 이 세상 누구보다도 행복해요."

당신의 아들은 세상에서 가장 행복한 사람입니다.

장담할 수 있다. 자신 있게 그렇게 말할 수 있었다.

"게이타, 너는 정말 효자야."

"효자라고요? 그럴 리가요."

아무리 그래도 효자라고는 하기 힘들다. 회사도 그만

두고 20년간 방 안에 틀어박혀 있던 아들이다. 어머니가 말을 걸어도 대답조차 제대로 하지 않았는데.

하지만 어머니는 그 말을 무르지 않았다. 다정한 목소리가 이어졌다.

"부모는 말이야, 자식이 행복해지는 것을 볼 때 가장 기쁘단다. 이제 너도 알겠지?"

그 말대로다.

정말 그렇다고 생각했다. 게이타도 이제 이해할 수 있다. 태어날 아기가 행복해지는 것이, 가장 기쁘다.

"나는 이제 여한이 없구나. 네 덕분이야. 정말 고맙다. 내 자식으로 태어나줘서, 행복하게 살아줘서 고마워."

고맙다는 말을 거듭하는 사이에 어머니의 모습이 희미해졌다. 자리에서 일어나 멀어져가는 발소리가 들렸다.

이윽고 고양이 식당의 문이 열렸다가 다시 닫혔다.

삼겹살 가라아게는 완전히 식었다. 이제 김이 나지 않는다. 게이타는 추억 밥상 앞에서 손을 모았다.

어머니, 고맙습니다.

마음속으로 몇 번이고 말했다. 기도하듯이 몇 번이나

거듭 말했다.

기적을 체험할 수 있는 것은 추억 밥상을 먹은 본인 뿐이다. 고토코도 가이도 게이타에게 무슨 일이 일어났는지 알 수 없다. 옆에서 보기에는 그저 앉아 있는 것으로밖에 보이지 않는다.

요리가 식기까지는 말을 걸지 않는다. 이날도 아무 말 없이 식당 한쪽에 서 있었다. 꼬마는 안락의자 위에서 잠들어 있다. 고토코는 이 고요한 시간이 싫지 않았다.

영원히 이어질 것만 같은 시간이지만, 어떤 시간에도 반드시 끝은 찾아온다. 추억 밥상의 김이 사라지자 게이타가 식어버린 요리 앞에서 손을 모으고 무언가를 중얼거렸다.

어머니, 고맙습니다.

고토코에게는 그렇게 들렸다. 몇 번이나 반복해서 중얼거리고 있다. 다행히 어머니를 만난 모양이다. 게이타의 눈은 젖어 있었다.

그것을 눈치챈 것은 고토코만이 아니었다. 가이가 차를 끓여 테이블로 가져갔다.

"식후의 차입니다."

게이타는 놀란 것 같았다. 퍼뜩 얼굴을 들고는 가이에게 대답했다.

"덕분에 어머니와 만날 수 있었습니다."

역시 기적이 일어났던 것이다. 어머니와 무슨 이야기를 했는지도 가르쳐 주었다. 게이타가 결혼한 것, 하치스케라는 고양이를 키우고 있는 것, 요양시설에서 정직원으로 일하고 있다는 것을 알았다.

"예약 시간에 늦어서 정말 죄송했습니다."

다시 한번 사과를 하면서 늦을 수밖에 없었던 사정을 이야기했다. 버스에서 우연히 만난 할머니의 상태가 아무래도 이상해서 눈을 뗄 수가 없었다고 한다.

"치매 환자인 것 같았습니다."

직업상 금방 눈치를 챌 수 있었다. 치매 증상 중 하나인 배회행동은 목숨이 관계되는 경우도 있다. 날치기 같은 범죄나 교통사고를 당하는 원인이 되기도 한다.

걱정이 된 나머지 그냥 내버려 두지 못하고, 버스에서 내려서 뒤를 따라갔다. 다가가서 말을 걸고는 경찰을 찾아 보호를 부탁했다고 한다.

"연락을 할 수 있으면 좋았을 텐데, 휴대전화 전원이 꺼져 버렸지 뭐겠습니까."

경찰의 위치를 찾으려고 계속 전화를 걸었던 탓이다. 일이 마무리된 뒤 공중전화에서라도 전화를 걸려고 했지만 그마저도 찾지 못한 채, 버스정류장으로 돌아와 직접 고양이 식당까지 찾아왔다고 한다.

"정말 죄송합니다."

훌륭한 일을 해내고서도 미안해서 어쩔 줄 몰라 하고 있다. 신중하고 배려심 깊은 남자였다. 시오리가 그와 결혼한 이유를 알 것 같았다.

"다음에 또 와도 될까요?"

게이타의 질문은 추억 밥상을 다시 주문하겠다는 의미는 아니었다.

"아내와 태어날 아이에게도 이 식당의 요리를 먹게 해주고 싶어요."

고양이 식당이 마음에 들었던 것이다. 따뜻한 마음이 담긴 가이의 요리는 사람들을 매료시킨다. 고토코도 그 중의 한 명이다.

가이의 대답보다 먼저, 잠들어 있던 꼬마가 반응했다.

"냐아."

항의하는 듯한 울음소리였다. 인간의 말을 하는 것도 아닌데, 꼬마가 무슨 말을 하고 싶은지를 알 수 있었다. 게이타도 알아들은 것 같았다.

"하치스케도 같이 와도 괜찮겠습니까?"

게이타와 시오리의 인연을 이어준 소중한 가족이니 잊어서는 안 된다.

이럴 때 가이의 대답은 정해져 있다.

"물론입니다. 꼭 와주십시오. 맛있는 요리를 준비해서 기다리고 있겠습니다."

꼬마가 만족스럽게 냐아아 하고 울었다

세 번째 추억

고양이 소라와
정어리 양념구이 덮밥

정어리

지바현 구주쿠리하마*에서는 16세기 후반부터 정어리 어업이 성행해 현재까지 이어져오고 있다. 정어리 요리 전문점도 많으며, '구주쿠리 정어리 고마즈케**'와 같은 지역 특산 정어리 가공식품도 인기를 모으고 있다.

* 지바현 동부에 위치한 약 66km 길이의 일본 최대 규모의 모래 해변. 해변이 99리는 될 정도로 길다고 해서 이런 이름이 붙었다.

** 손질한 정어리를 배합초로 절이고 검은깨와 함께 버무린 지바현의 향토식품 중 하나. 100년 이상의 역사를 가진 정어리 가공회사 가네온 수산에서 생산하는 지바현 브랜드 수산물 인증 제품이다.

"아무래도 수상한데."

후지이가 말했다. 야마다 미쓰요와 요양시설에서 차를 마시다가 한 말이다. 여기에서 생활하는 것은 아니지만, 이 요양시설에서 일주일에 한두 번꼴로 열리는 다과회에 와서 이야기를 나누던 중이었다.

노인이라고 대접 받는 건 사양하고 싶지만, 이 시설은 마음에 들었다. 건물도 깔끔하고, 직원들도 친절했다. 달리 갈 곳도 없는데 돈도 거의 들이지 않고 차를 마시면서 수다를 떨 수 있다니 고마운 일이다. 단지 오지랖이 넓은 노인들을 감당해야 했다.

"그런 게 바로 보이스피싱이라니까요? 가지 말아요. 수상한 종교와 관계가 있을지도 모른다고."

후지이가 설교하듯이 말을 이었다. 가는귀를 먹은 탓인지 유난히 목소리가 크다.

이 다과회는 65세 이상이면서 자립 가능한, 즉 돌봄이 필요 없는 노인을 대상으로 한다. 건강한 노인들에게 수다를 떨 장소를 빌려주는 형식의 행사여서, 관리 직원이 상주해 있지는 않다. 가끔 확인차 들여다보러 오기는 하지만, 대부분의 시간에는 노인들끼리만 모여 있다. 이때도 그랬다.

"사기도 아니고, 이상한 종교도 아니에요. 속임수라 하기도 뭐한 게, 내가 부탁하는 쪽이라니까요."

올해 일흔이 되는 미쓰요는 태연하게 받아쳤다. 말싸움을 좋아하지는 않지만, 듣고만 있을 수는 없었다.

"다시 생각해봐요."

후지이는 끈질겼다. 그는 세 살 위인 일흔셋이다. 미쓰요와 마찬가지로 가까이에 가족이 없어 혼자 살고 있다. 연하장을 주고받기는 하지만, 병원의 대합실과 이 요양시설 이외의 장소에서 만난 적은 없었다. 그래도 몇 안 되는 대화 상대 중 한 명이다. 미쓰요는 따로 일을 하지 않고 집과 이 요양시설, 병원을 오가며 살고 있었다.

좋은 시대에 태어난 덕분에 어느 정도 연금이 나와서, 빠듯하게나마 그럭저럭 생활할 수 있는 수준이다. 남편이 남긴 집과 저금도 있었다.

그 저금을 헐어서라도, 소중한 연금을 사용해서라도, 만나고 싶은 사람이 있었다. 그것을 대합실에서 입 밖에 낸 것이 실수였다.

"죽은 사람을 만날 수 있을 리가 없잖아요. 사기가 분명해요. 미쓰요 씨는 잘 속으니까. 이상한 항아리를 사올지도 몰라요."

히라카와 도모미가 끼어들었다. 다과회에서 만난 여성이다. 본인 말대로라면 같은 나이지만, 말투가 거칠어서 미쓰요는 대하기가 좀 어려웠다. 자기 생각대로 단정짓고 윽박지르는 경우가 많아서, 말할 때마다 무시당하는 기분이 들기 때문이다.

반대한 것은 그 두 사람만이 아니다. 낮은 목소리가 끼어들었다.

"내 생각에도 그만두는 게 나을 것 같은데."

가나야마였다. 이제 80세 정도가 되었을까? 정확한 나이는 모른다. 전에는 목수 일을 했다고 하는데, 말수가 적어 대합실에서도 거의 입을 여는 일이 없었다. 고지식하고 성실한 사람이라, 진심으로 미쓰요를 걱정하고 있는지도 모른다. 남편이 세상을 떠났을 때는 부의금을 들고 장례식에 와주기도 했다.

가나야마에게는 호감을 가지고 있었지만, 이건 또 다른 얘기다. 걱정해줘서 고맙다는 생각이 들지 않았다.

속아도 괜찮다니까요.

이 말이 입에서 튀어나올 뻔했다. 이제 그만 내버려뒀으면 싶었다.

"죽은 사람을 만날 수 있는 식당이 있다더라고."

이 요양시설에서 만난 가부라키라는 노인에게서 들은 말이다. 무당을 통해서가 아니라, 실제로 죽은 사람이 나타난다는 것이다.

가부라키는 요양시설의 입소자였지만, 종종 다과회에 모습을 보이곤 했다. 과거형인 것은 지금은 입원해 있기 때문이다. 병이 재발하는 바람에 멀리 있는 병원에 입원하게 되었다. 딱 한 번 병문안을 간 적이 있는데, 그때

이 이야기를 들었다.

"살아 있는 동안에 집에 돌아가서 아내를 만나고 싶었는데 말이야. 하지만 몸이 움직이지 않으니 어쩔 도리가 없지."

뇌경색도 일으켰다. 그는 살아서 퇴원하기는 어려울 거라고 말했다. 병세를 자세히 듣지는 못했지만, 호스피스 병동에 들어간 것에서 짐작이 되었다.

계속 집에 돌아가고 싶어 했는데, 그 바람을 이루지 못한 채 생이 끝나려 하고 있다.

"또 얼굴 보러 들를게요."

돌아오는 길에 이렇게 말했지만, 가부라키는 거절했다.

"아니야, 안 와도 돼요. 인생은 짧으니까 말이야, 자기가 하고 싶은 일을 해야지."

그렇게 말하고는 고양이 식당의 이름과 전화번호가 적힌 메모를 건네주었다. 가부라키의 글씨는 아닌 것 같았다. 다른 누군가에게 물어봐서 받은 모양이었다.

죽은 사람을 만날 수 있다니, 말도 안 되는 일이다. 다과회에서 만난 사람들의 말처럼 사기일 가능성이 크다. 돈을 빼앗길 수도 있고, 무슨 봉변을 당할지 모른다. 경우에 따라서는 목숨이 오갈 수도 있다. 그것까지도 모두 각오하고 있다.

그래도 괜찮다고요.

속는다고 해도 상관없어요.

노인네가 돈을 들고 있는다고 쓸 곳도 없고, 이 정도면 이미 충분히 살았으니까.

미쓰요는 속으로 그렇게 받아치고는, 볼일이 있다며 둘러대고 요양시설을 나섰다. 물론 볼일따위 있을 리 없다. 더 이상 그 사람들에게 시달리고 싶지 않았을 뿐이다.

다음날, 미쓰요는 고양이 식당으로 향했다. 아침 첫차를 타고 가기로 했다.

기차를 타는 것은 가부라키의 병문안을 갔던 때 이후로 처음이다. 그 전에 탔던 때도 아직 기억하고 있다. 벌써 2년이나 되었다. 가와쿠보 겐이치의 콘서트에 가기 위해 신주쿠까지 갔었다.

가와쿠보 겐이치는 미쓰요에게 있어서 아이돌이나 다름없었다. 대중적으로 유명한 가수는 아니었지만, 고등학생 때부터 그의 콘서트를 보러 다녔다. 몸을 움직일 수 있는 한 계속 보러 갈 생각이었다.

미쓰요의 집에는 '소라'라는 이름의 고양이가 있었다. 털이 고운 러시안 블루 고양이로, 남편이 죽기 반년 전에 집에 데려왔다. 어느 날 갑자기 백화점의 펫샵에서 사 왔다고 했다. 남편은 동물을 좋아하던 사람도 아니었는데, 적지 않은 돈을 들여 고양이를 사 온 이유를 알 수가 없었다.

처음에는 의아했지만, 어느 날 남편이 소라에게 하는 말을 듣고 말았다. 정원에서 풀을 뽑고 있는데, 집안에서 남편의 목소리가 들려왔다.

"우리 마누라를 잘 부탁해. 저 사람은 외로움을 많이 타서 말이야."

미쓰요가 듣고 있는 줄도 모르고, 남편은 고양이에게 이렇게 말하고 있었다.

남편은 미쓰요보다 나이가 많은 데다 최근 몸 상태가 그다지 좋지 않았다. 다음주에 병원에 검사를 받으러 가기로 되어 있었다.

"저 사람을 부탁해."

남편의 목소리는 진지했다. 자기가 죽은 뒤의 일이 걱정이 되어서 고양이에게 부탁하고 있는 것이다.

고양이가 할 줄 아는 게 뭐가 있다고.

우스웠지만 웃을 수가 없었다. 눈시울이 시큰해지더니 금세 눈물이 굴러떨어졌다. 소리 내어 엉엉 울 것만 같아서, 남편이 눈치채지 못하게 얼른 그 자리를 떠났다.

남편의 검사 결과는 좋지 않았다. 역시 암이었다. 그러나 당뇨병 때문에 혈관 손상이 심해 수술도 불가능했다. 남편은 천천히 쇠약해지다가 지금으로부터 3년 전에 세상을 떠났다.

남편이 죽자 소라와 단둘이 남았다. 고양이는 미쓰요 곁을 떠나려 하지 않았다.

"나를 지켜주려고 하는 거니?"

그렇게 말을 걸다가 다시 눈시울이 뜨거워졌다. 남편이 없다고 울기만 할 수는 없으니 소라와 함께 음악을 듣기로 했다.

"노래가 참 좋지? 가와쿠보 씨는 비틀즈의 노래를 자주 부른단다."

가와쿠보 겐이치는 직접 작곡도 하지만, 비틀즈의 노

래를 콘서트에서 부르는 경우가 많았다. 미쓰요도 그가 부르는 비틀즈의 노래를 참 좋아했다.

"목소리가 얼마나 부드러운지 몰라."

그렇게 고양이에게 말을 걸면서, 콘서트에 가는 것을 즐거움 삼아 살았다. 쓸쓸하지만 소라와 가와쿠보 겐이치 덕분에 울지 않고 지낼 수 있었다.

그러나 1년 전, 그것마저 불가능해지고 말았다. 인간의 힘으로는 어쩔 수 없는 일이었다. 가와쿠보 겐이치가 세상을 떠났고, 그 뒤를 따르듯이 소라도 하늘나라로 갔다.

이렇게 미쓰요는 혼자가 되어 버렸다. 더 이상 외로움을 감당하기 힘들어졌을 때, 가부라키가 고양이 식당에 대해서 가르쳐 주었다.

"죽은 사람을 만날 수 있는 식당이 있다더라고."

교통사고로 죽은 오빠와 재회한 젊은 여성.
죽은 첫사랑과 이야기를 나눌 수 있었던 초등학생.
저세상에 있는 아내에게 사랑을 고백한 노인.

세상을 떠난 어머니를 만날 수 있었던 청년.

가부라키가 들려준 이야기였다. 가부라키도 어디서 들은 이야기 같았지만. 마치 자신이 직접 겪은 것처럼 말해주었다.

어느 것 하나 믿어지지 않는 이야기였다. 뇌경색을 일으킨 노인이 늘어놓은 헛소리일 수도 있지만, 미쓰요는 한번 믿어보기로 했다. 가부라키가 건넨 메모를 가지고 돌아와 고양이 식당에 전화를 걸었다. 그러자 젊은 남자가 받았다.

"전화 주셔서 감사합니다. 고양이 식당입니다."

정중하고 상냥한 목소리였다. 일단 무서운 사람은 아닌 것 같아 한시름 놓은 덕에 마음먹었던 말을 끝까지 할 수 있었다.

"추억 밥상을 예약하고 싶은데요."

"예, 알겠습니다."

남자가 대답했다. 추억 밥상이 정말 있었던 것이다. 물론 사기일 가능성은 아직 남아 있지만, 확인할 길이 없으니 걱정이 되어도 어쩔 수 없는 일이다.

"성함과 연락처, 그리고 어떤 요리를 준비하면 좋을

지 가르쳐 주시겠습니까?"

미쓰요는 질문에 모두 대답했다. 이름도 전화번호도 서슴없이 가르쳐 주었다.

"이거면 될까요?"

"예, 감사합니다."

남자의 대답에 이제 다 끝났구나, 이제 식당에 찾아 가기만 하면 되겠다 싶어 인사를 남기고 전화를 끊으려 했다.

바로 그때, 전화 저편에서 고양이 울음소리가 들려왔다.

"냐옹."

그 순간, 젊은 남자가 당황한 듯이 물었다.

"식당에 고양이가 있습니다만, 괜찮으시겠습니까?"

아마 울음소리의 주인공을 말하는 모양이다. 식당의 마스코트 같은 것일까? 세상에는 고양이를 싫어하는 사람도 있고, 동물 알레르기가 있는 사람도 있으니 미리 물어보는 것이겠지.

고양이 식당이라는 이름의 가게이니까, 고양이가 있는 게 조금도 이상할 것 없다. 미쓰요는 죽은 소라를 떠올리면서 대답했다.

"네, 괜찮아요."

"감사합니다."

"냐앙."

젊은 남자와 고양이가 동시에 대답했다. 고양이에게도 감사 인사를 들은 기분에 미쓰요는 저도 모르게 웃고 말았다.

"버스정류장까지 마중을 부탁드려도 될까요?"

가이가 고토코에게 이렇게 부탁했다. 손님을 마중가는 것은 아르바이트 업무 중 하나로, 중요한 역할이었다.

고양이 식당은 바닷가 마을에서도 외딴곳에 있어서, 모래 해변을 가로질러 오지 않으면 건물이 보이지 않는다. 고토코도 처음 왔을 때는 '이런 곳에 정말 식당이 있을까?' 하고 당황했던 기억이 있다. 불안하게 생각하는 손님도 많을 것이다. 하물며 오늘의 예약 손님은 70세 노인이라고 하니 길을 잃기라도 하면 큰일이다.

"그럼 다녀오겠습니다."

인사를 하고 고양이 식당을 나섰다. 부드러운 햇살이 내리쬐는 12월치고는 따뜻한 날이었다.

마치 봄날 같다고 생각하고 있는데, 발밑에서 소리가 들려왔다.

"냐아아."

고양이 울음소리다. 고토코는 이 소리의 주인을 알고 있다. 울음소리가 들린 쪽으로 시선을 보냈다.

고양이 식당의 출입구 옆에는 간판을 대신하는 칠판이 세워져 있다. 갈색 얼룩무늬의 작은 고양이가 그 옆에 서 있다. 이 식당에서 키우는 고양이 '꼬마'다.

밖에 나가지 못하게 하고 있는데도 교묘히 탈출하는 버릇이 있었다. 오늘도 문단속을 꼭꼭 해 두었는데도 어느새 밖에 나와 있다.

"냐아."

밖에 나올 수 있어서 기분이 좋은지, 만족스러운 얼굴을 하고 있다. 파란 하늘 아래 있는 것이 좋은 모양이다. 고토코도 덩달아 미소를 지을 뻔했지만, 서둘러 표정을 굳혔다. 웃고 있을 때가 아니다.

자동차나 오토바이가 지나다니는 길은 아니지만, 작은 고양이가 밖을 돌아다니면 위험할 수 있다. 길을 잃지 않는다는 보장도 없고, 까마귀 같은 야생 조류가 공격을 할 수도 있다. 눈에 보이지 않을 뿐이지, 길고양이가 있을지도 모르니 싸워서 다칠 수도 있고, 병이 옮을 가능성도 있다.

꼬마가 그런 일을 당하면 가이가 슬퍼할 테고, 고토코도 마음이 아플 것이다. 그래서 짐짓 엄한 목소리를 내어 야단을 쳤다.

"밖에 나오면 안 되지."

누군가를 혼내는 데 익숙하지 않아서, 스스로 생각하기에도 전혀 무섭지가 않았다. 상대가 고양이더라도 화를 내는 것은 서툴다.

"알겠니?"

"냐앙."

알겠다는 듯이 울었지만, 어디까지 알아들었는지는 의심스럽다. 그래도 고토코가 눈을 계속 부릅뜨고 있자 꼬마는 총총 식당 안으로 돌아갔다.

미쓰요는 불안해 하고 있었다.

기차를 타고 바닷가 마을까지 오기는 했는데, 역을 나와서도 바다 냄새가 나지 않았다. 고양이 식당은 바닷가 마을에 있을 텐데, 정작 바다가 보이지 않는 것이다.

내리는 역을 착각한 것일까?

자신이 없어져서 역 이름을 다시 확인했지만, 메모한 그대로의 글자가 박혀 있었다. 제대로 찾아왔다. 만일을 위해 역무원에게 물어볼까 했지만, 물을 만한 사람이 눈에 띄지 않았다. 자동개찰기가 보급되고부터는 역무원을 보기가 힘들어졌다.

물론 무인역은 아니니까 역무원실에 가면 사람이 있겠지만, 귀찮은 생각에 일단 개찰구를 빠져나왔다. 나이를 먹으면 사소한 일도 귀찮아지는 법이다.

역 앞의 한적한 교차로로 나서니 버스정류장이 있었다. 여기에서 버스를 타고 알려준 정류장에서 내리면 고양이 식당의 직원이 마중을 나와 준다고 했다.

하지만 가르쳐준 대로 버스를 타고서도 불안은 사라지지 않았다.

"제대로 도착할 수 있을까……?"

버스에 손님이 하나도 없었던 탓이다. 미쓰요 외에는 운전기사밖에 없다. 창밖을 봐도 사람이 지나다니지 않아 한산하다. 빈집인 듯한 건물이 몇 채나 보였고, 허름

한 폐공장도 있었다.

이윽고 버스정류장에 도착했다. 미쓰요가 내리기로 되어 있는 장소다. 하차벨을 누르고 버스에서 내렸다.

그러자 갓 스물 정도로 보이는 고풍스러운 미인이 서 있었다. 버스를 타려는 줄 알았지만, 버스 출입구로 향하지 않고 미쓰요에게 말을 걸어왔다.

"먼 길 오시느라 고생하셨습니다. 고양이 식당의 니키 고토코라고 합니다. 야마다 미쓰요 님 맞으신가요?"

"아, 네."

"마중을 나왔습니다."

미쓰요는 안도의 한숨을 쉬었다. 이제 문제없이 식당에 갈 수 있겠다 싶었고, 고토코의 조심스러우면서도 정중한 태도에 마음이 놓였다.

게다가 미쓰요의 이름을 부르며 맞아주었다. 옛날에는 모두가 이랬다. 새로운 점원이 들어오면 가게 주인이 먼저 인사를 시켰다.

"야마다 씨, 지난달에 새로 들어온 친구예요. 아직 아무것도 모르는 초짜지만 너그러이 봐주세요."

젊은이는 부끄러워하면서 "잘 부탁드립니다!" 하고

머리를 숙였다. 그리고 장을 보러 갈 때마다, "야마다 님, 어서 오세요!" 하고 이름을 불러주었다. 당연히 미쓰요 도 점원의 이름을 기억했다.

그러나 시대가 바뀌었다. 그런 가게는 이제 미쓰요의 주위에 남아 있지 않다. 채소가게도, 생선가게도, 쌀가게 도 찾아보기 힘들다. 어느새 대부분 사라져 버렸다.

지금은 채소도, 생선도, 쌀도 마트에 가서 사고, 인터 넷 쇼핑을 하기도 한다. 말 한마디 하지 않고도 얼마든지 물건을 살 수 있는 시대다. 가게 주인이 누구인지도 모르 고, 점원은 미쓰요의 이름을 불러주지 않는다. 최근에는 병원에서조차 이름이 아니라 번호로 환자를 부른다. 그 런데 고토코는 제대로 야마다의 이름을 불러주었다.

고토코가 꾸벅 고개를 숙였다.

"식당까지는 걸어서 가야 합니다. 차로 모시지 못해 정말 죄송합니다."

"신경 쓰지 말아요. 이래 봬도 다리는 튼튼하고, 걷는 것도 좋아하니까요."

미쓰요는 대답했다. 불안한 마음은 이미 사라지고 없 었다.

강이 길 바로 옆을 흐르고 있었다. 인적이 없는 조용한 강이었다. 이 강변길을 따라서 걸어가면 고양이 식당이 나오는 모양이다.

"고이토가와입니다."

고토코가 가르쳐 주었다. 태어나서 처음 듣는 이름이지만, 지바현에서는 세 번째로 긴 강이라고 한다. 12월의 햇살이 강 표면에 반사되어 반짝반짝 빛이 났다. 강쪽을 가리키며 코토코가 설명을 덧붙였다.

"이 길을 계속 따라가면 도쿄만으로 이어집니다."

고양이 식당은 바다가 보이는 장소에 있다. 도쿄만바로 옆이다.

햇살이 따뜻해 산책하기 딱 좋은 날씨였다. 여유로운 기분으로 고토코와 함께 걸었다.

10분도 채 지나지 않아 바다가 나타났다. 왜옹, 왜옹울음소리가 들린다. 괭이갈매기 떼가 하늘을 날고 있다.

"괭이갈매기입니다."

고토코가 다시 알려주었다. 실물을 보는 것은 처음이었지만, 정말 고양이처럼 우는 것이 신기했다. 길을 잃은 아기 고양이 같은 슬픈 울음소리였다.

미쓰요는 고토코와 둘이서 모래 해변을 걸었다. 겨울 아침이라서일까? 바닷가에는 아무도 없었다. 역에서도, 버스에서도 생각했지만, 활기가 있는 마을은 아닌 모양이다. 하지만 쇠락했다는 느낌은 없다. 조용한 분위기에 오히려 마음이 놓였다.

그대로 걷다가 고토코가 다시 입을 열었다.

"고양이 식당은 이 오솔길 끝에 있습니다."

모래 해변으로부터 포장되지 않은 길이 뻗어 있다. 아스팔트 대신 하얀 조개껍데기가 깔려 있고, 그 끝에 요트하우스 같은 분위기의 파란색 건물이 있었다.

저것이 고양이 식당인 모양이다. 간판 대신 칠판이 보였는데 카페나 잡화점에서 자주 보이는 A자 형태의 세워 놓는 칠판이다.

"이쪽입니다."

고토코의 안내를 받아 가까이 다가갔다.

칠판에 하얀 분필로 이렇게 쓰여 있었다.

고양이 식당
추억 밥상을 차려 드립니다.

메뉴도 영업시간도 쓰여 있지 않았지만, 조금 특이한 주의사항이 있었다.

이 식당에는 고양이가 있습니다.

그리고 꼬마 고양이의 그림이 덧붙여져 있었다.
"어머나, 귀여워라."

잘 그렸다고 하기는 힘들지만, 따뜻한 그림이다. 다정한 마음이 느껴졌다. 그림을 본 것뿐인데도, 눈물이 날 것 같았다.
"저희 식당의 명물 고양이 꼬마입니다."
고토코가 갑자기 소개하듯이 말했다. 그림에 이름이 붙어 있나 싶었지만, 그건 아니었다.
"냐아아."
갈색 얼룩무늬의 자그마한 고양이가 간판 뒤에서 얼굴을 내밀었다. 칠판에 그려진 고양이와 똑같은 얼굴을 하고 있다. 이 고양이가 그림의 모델인 것이다.
얼굴을 보면 모두 웃음을 띠게 될 정도로 귀엽게 생

겼지만, 고토코는 고양이에게 짐짓 엄한 얼굴을 만들어 보이며 설교를 시작했다.

"밖에 나오면 안 된다고 방금 전에도 얘기했잖니? 까마귀가 달려들기라도 하면 어쩌려고 그래? 아픈 건 너도 싫을 거 아니야. 까마귀가 얼마나 무섭다고!"

으름장을 놓을 생각인 듯했지만, 착한 성품이 배어나와서 전혀 무섭지 않았다. 화를 내는 것에 익숙하지 않아 보였다.

"냐아."

대답은 했지만, 반성하고 있는 것 같지는 않았다. 고토코가 미쓰요에게 변명하듯이 말했다.

"아까 분명 안으로 들어가는 걸 봤는데, 또 빠져나왔지 뭐예요."

탈출하는 버릇이 있는 모양이다. 소라는 밖에 나가려고는 하지 않는데, 이 꼬마 고양이는 장난꾸러기인 모양이다. 바깥세상이 그리도 궁금했을까.

남이 보기에는 그저 귀여울 뿐이지만, 주인은 걱정이 될 만도 하다. 집에서 키우는 고양이에게 바깥세상은 정말 위험천만하니까.

고토코가 꼬마에게 다시 한 번 다짐을 받았다.

"이제 알겠지? 밖에 나오면 안 돼."

"냐아."

꼬마는 한 번 더 대답을 하고는 식당 출입구를 향해 걷기 시작했다. 여전히 반성하는 기미는 보이지 않았다.

"정말이지, 어쩜 좋아…."

고토코는 한숨을 쉬고는, 다시 자세를 가다듬고 꼬마를 앞질러 식당의 문을 열었다.

"야마다 미쓰요 님, 오늘 예약해 주셔서 감사합니다. 어서 오세요."

점원답게 식당 안으로 미쓰요를 안내하려 한 것이다.

그러나 꼬마가 미쓰요보다 빨랐다.

"냐아앙."

꼬마는 고생한다는 듯이 고토코를 보고 한 번 울고는 식당 안으로 쏙 들어갔다. 꼬마를 위해서 문을 열어준 셈이 되어 버렸다.

고토코는 당황한 표정을 짓더니 미쓰요에게 사과했다.

"……죄송합니다."

"괜찮아요."

미쓰요는 재미있는 식당이네 생각하며, 다시 한번 웃었다. 꼬마의 뒤를 따라 식당으로 들어섰다. 그러자 상냥해 보이는 얼굴의 청년이 나와서 맞아주었다.

"어서 오십시오. 고양이 식당의 후쿠치 가이라고 합니다. 야마다 미쓰요 님이시지요? 기다리고 있었습니다."

전화를 걸었을 때 들은 목소리다. 아마 고양이 식당의 주인일 것이다. 단정한 이목구비에 가느다란 테의 안경을 쓰고 있다. 예의 바른 미남이다.

사람을 겉보기로 판단해서는 안 되지만, 두 사람 모두 사기꾼으로는 보이지 않았다. 다만 죽은 사람을 만나게 해주는 식당에서 일하는 사람으로도 보이지 않는다. 차분하면서도 지적인, 도시의 도서관이 잘 어울리는 인상이다.

그런 생각을 하는 사이에 가이가 창가의 테이블로 안내해 주었다.

"이쪽 자리 괜찮으시겠습니까?"

창밖에는 바다가 펼쳐져 있다. 귀를 기울이면 파도 소리와 괭이갈매기 울음소리가 들려오는 자리였다.

"분위기가 참 좋네요."

이 말은 진심이었지만 불안은 사라지지 않았다. 너무 아늑해서, 더더욱 죽은 사람을 만날 수 있을 것 같지 않았다.

미쓰요가 이제부터 만나려고 하는 상대는 남편도, 소라도, 오래전에 돌아가신 부모님도 아닌, 바로 가와쿠보 겐이치다. 세상을 떠난 연예인을 만나고 싶어서 고양이 식당을 찾아왔다.

미쓰요는 평범한 집에서 태어났다. 친척, 친구, 이웃집까지 뒤져봐도 텔레비전에 나오는 직업을 가진 사람은 없다. 가수인 가와쿠보 겐이치와도 접점이라고는 없을 법 하지만, 60여 년 전에 만난 적이 있다. 그렇게 대단한 사연이 있는 것은 아니다. 부모님이 식당을 하셨는데, 유명해지기 전의 가와쿠보 겐이치가 종종 식사를 하러 왔던 것이다.

아직 열 살도 되지 않았을 무렵의 일이라 기억이 선명하지 않지만, 가와쿠보 겐이치가 자주 먹던 메뉴는 기억하고 있다. 그 요리를 추억 밥상으로 예약했다.

"요리를 가져오겠습니다. 잠시 기다려 주십시오."

가이가 호텔의 웨이터처럼 고개를 꾸벅 숙이고는 주

방으로 향했다.

요리는 이미 준비가 끝났던 모양이다. 얼마 기다리지 않아 가이가 돌아왔고 쟁반에 덮밥 두 그릇을 받쳐 들고 있다.

"오래 기다리셨습니다."

가져온 덮밥을 테이블 위에 올렸다. 하나는 미쓰요의 앞에, 또 하나는 맞은편 자리에 두었다. 가와쿠보 겐이치를 위한 몫이다.

설탕과 간장의 달콤짭짜름한 냄새가 난다. 갓 지은 밥과 생선 냄새도 났다. 장어덮밥과 비슷하지만, 주문한 것은 다른 요리다. 장어같이 비싼 생선은 부모님의 식당에 없었다.

가이가 요리의 이름을 말했다.

"정어리 양념구이 덮밥입니다."

이것이 바로 미쓰요의 추억 밥상이었다.

지바현에는 16세기 후반, 에도 시대부터 정어리잡이가 성행했다. 지금도 정어리는 지바현의 명물 중 하나다. 간 생강을 곁들여 먹는 정어리 회는 일품이다.

정어리는 한때 저렴한 생선의 대명사였지만, 어획량이 줄어들면서 가격이 상승해 이제 고급 생선으로 분류되기도 한다. 그 정어리를 장어 양념구이처럼 요리한 것이다. 다만 진짜 정어리는 아니었다.

"눈퉁멸*을 사용했습니다."

가이가 설명을 덧붙였다. 정어리는 5월부터 10월 사이가 제철인데, 눈퉁멸은 겨울에서 이른 봄 사이에 살이 오른다. 마침 맛있는 계절에 접어들었다.

"그럼 맛있게 드십시오."

"잘 먹겠습니다."

정중하게 식사 인사를 하고서, 눈퉁멸 양념구이에 젓가락을 가져갔다. 살이 부드러워서 힘을 주지 않고도 살점을 떼어낼 수 있었다. 설탕과 간장으로 만든 양념이 보기에도 신선한 눈퉁멸 살에 버무려져 있다.

입에 넣자, 양념의 달콤함과 짭짤함이 입안에 퍼져 생선의 감칠맛과 함께 녹아들었다. 이것만으로도 맛있

---

* 우리나라에서 정어리와 대멸치가 혼동되어 구별 없이 유통되는 것처럼, 일본에서도 비슷하게 생긴 정어리, 대멸치, 눈퉁멸이 한데 묶어 정어리라는 이름으로 유통되는 경우가 많다.

지만, 밥이 남아 있다. 양념구이 덮밥의 주인공은 생선의 지방과 양념이 스며든 밥이 아닐까. 다시 한번 덮밥을 살펴보자 흰 쌀밥에 양념이 배어든 것이 보였다.

침이 꿀꺽 넘어갔다. 경망스럽다고 생각했지만, 군침이 도니까 어쩔 수가 없다. 미쓰요는 밥을 젓가락으로 떠서 흘리지 않도록 조심하며 입으로 가져갔다. 씹을 때마다 쌀의 감칠맛이 입안에서 춤을 추었다. 달콤짭짜름한 양념이 더해진 눈퉁멸의 맛이 밥의 단맛을 잘 이끌어내고 있다.

눈퉁멸 양념구이는 직접 만들어본 적도 없고, 반찬 가게에서 산 기억도, 식당에서 먹은 기억도 없다. 거의 5년 만에 먹는 셈이다. 그리움이 몰려왔다. 고양이 식당의 추억 밥상은 부모님이 만들어 주었던 그 맛 그대로였다.

"정말 맛있네요."

이렇게 말하는 미쓰요의 목소리가 먹먹하게 울려서 들렸다.

목소리가 이상하다.

헛기침을 해봤지만, 그 소리까지 먹먹하게 들렸다. 일

단 물을 달라고 해야겠다 싶어 식당을 둘러보았다.

그리고 이변을 깨달았다. 가이가 사라지고 없다. 고토코도 보이지 않는다. 아까까지만 해도 있었는데, 인기척이 전혀 없다.

"……어디 간 거지?"

중얼거려도 대답이 없었다. 미쓰요는 불안해졌다. 뭔가가 일어난 것은 분명한데, 그게 무엇인지를 알 수가 없었다. 70년을 살아왔지만, 이런 일은 처음이었다.

사람의 기척을 찾아서 창밖을 봤다가 다시 한번 놀랐다. 괭이갈매기마저도 사라졌다. 그렇게 많았던 괭이갈매기가, 한 마리도 보이지 않았다.

가이도 없다.

고토코도 없다.

괭이갈매기도 사라져 버렸다.

그러나 살아 있는 것이 모두 사라진 것은 아니다. 안락의자 위에 꼬마가 있었다. 지푸라기라도 붙잡는 심정으로 물어보았다.

"대체 무슨 일이 생긴 거니?"

"냐앙."

대답이 돌아오기는 했지만 뭐라고 하는지는 알 수가 없었다. 가이와 고토코가 없어졌는데도 꼬마는 태연스레 창밖을 보고 있다.

다시 한번 식당을 둘러보았다. 역시 아무도 없다. 안락의자 옆의 오래된 괘종시계의 바늘이 멈춰 있다.

어떻게 하면 좋을지 몰라 당황하고 있는데, 문득 창밖에서 기타 소리가 들려왔다. 들어본 기억이 있는 멜로디다.

"이 곡은……."

미쓰요에게 대답하듯이 남자의 부드러운 노랫소리가 들리기 시작했다. 역시 그 노래다. 비틀즈의 〈예스터데이〉.

폴 매카트니가 죽은 어머니를 생각하며 만든 노래다. 그리고 그 노래가 가와쿠보 겐이치의 목소리로 들려왔다.

누군가 음악을 틀어놓은 것일까?

지금은 스마트폰으로 놀랄 만큼 선명하게 음악을 들을 수 있으니까. 모래 해변 쪽에서 틀어놓은 모양이다. 그렇다면 거기에 누군가가 있다는 뜻이다. 다시 한 번 창밖을 살폈다.

"말도 안 돼."

저도 모르게 목소리가 튀어나왔다. 믿을 수 없는 일이 일어났다. 분명 아무것도 없던 모래 해변에, 작은 통나무집이 세워져 있었던 것이다.

게다가 그 건물은 미쓰요가 잘 아는 것이었다.

"이스트 빌리지……."

신주쿠 외곽에 있는 작은 라이브 하우스의 이름이다. 가와쿠보 겐이치가 자주 콘서트를 열었던 장소이기도 하다.

하지만 이스트 빌리지가 여기에 있다니, 역시 이상하다. 이스트 빌리지는 가와쿠보 겐이치가 죽은 뒤 철거되었다. 재건축됐다는 이야기는 들은 적이 없다. 눈앞에 나타난 건물에서는 지은 지 10년은 된 듯한 세월의 흔적이 느껴졌다. 아니, 그 이전에 아까까지만 해도 없던 건물이 어떻게 갑자기 나타난 걸까?

"이게 대체 무슨 일이람……?"

"냐아아."

대답한 것은 꼬마였다. 문득 테이블 쪽을 보니 맞은편 자리에 놓인 정어리 양념구이 덮밥이 눈에 들어왔다.

그 순간, 가부라키의 말이 뇌리를 스쳤다.

"죽은 사람을 만날 수 있는 식당이 있다더라고."

여기가 바로 그 식당이다. 추억 밥상을 먹으면, 죽은
사람을 만날 수 있다고 했다.

"설마……."

새삼 여기에 온 이유를 떠올렸다. 맞아, 가와쿠보 겐
이치를 만나러 왔지. 그리고 추억 밥상을 먹었고. 그러자
진작에 철거됐던 이스트 빌리지가 나타났다.

간신히 이 신기한 현상의 답을 알아낸 기분이 들었
다. 미쓰요는 자리에서 일어나, 고양이 식당의 출입구로
다가가 문을 열었다.

눈앞에 이스트 빌리지가 있었다. 통나무를 층층이 쌓
아 올려 지은 건물 문 앞에 '이스트 빌리지 영업중'이라
고 적힌 팻말이 걸려 있다.

어느새 주위에는 짙은 안개가 자욱해서, 그 건물밖에
보이지 않았다. 미쓰요는 옛 기억을 떠올렸다.

이스트 빌리지에 간 횟수는 다 셀 수도 없을 정도다.

처음 간 것은 고등학생 때 가족과 함께였다. 아버지와 미쓰요는 어머니를 따라서 이스트 빌리지를 찾았다.

라이브 하우스에 가는 도중, 어머니는 즐거운 듯 웃었고 아버지는 눈시울을 적셨다. 미쓰요는 어떤 표정을 지어야 할지 알 수가 없었다.

이때 어머니의 수명은 거의 끝나가고 있었다. 앞으로 3개월밖에 살지 못한다는 의사의 선고를 들었다. 일단 퇴원했지만, 사흘 뒤에는 다시 입원할 예정이었다.

입원하고 나면 다시는 집에 돌아올 수 없을 것이다. 어머니를 포함해 가족 모두가 그 사실을 알았다. 어머니는 마지막 시간을 가족과 보내기 위해서 집에 왔던 것이다.

어머니는 미쓰요와 아버지에게 이렇게 부탁했다.

"노래를 들으러 가고 싶어요."

어머니는 노래 듣는 것을 좋아했다. 부엌일을 할 때도 항상 라디오를 틀어 놓았다. 음반을 산 기억은 없지만, 죽기 전에 콘서트에 한번 가보고 싶다고 생각한 것 같았다.

"내가 좋아하는 노래를 사랑하는 가족과 함께 들을 수 있다면 분명 행복한 인생이었다는 생각이 들 테니까요."

그때 어머니는 이미 자신의 인생이 끝났다고 생각했던 것 같다.

언제나 근엄하기만 했던 아버지가 계속 울고 있었던 것을 기억한다. 미쓰요도 울었다. 웃고 있는 것은 어머니 혼자뿐이었다. 어머니는 들뜬 기색으로 어디로 갈지를 정했다.

"겐이치 군의 콘서트가 좋겠어요."

친근하게 이름을 부른 것은 아는 사이였기 때문이다.

어머니의 병이 발견되기 얼마 전에 가게를 접었지만, 미쓰요의 부모님은 식당을 운영했었다. 그리고 가와쿠보 겐이치는 그 식당의 단골손님이었다.

옛날에는 손님과도 허물없이 지내곤 했으니까, 가와쿠보 겐이치가 가수라는 것도 자연스럽게 알게 되었다.

단지 잘 나가지 않는 가수여서, 막노동으로 생활비를 벌면서 역 앞이나 공원 같은 곳에서 노래를 했다. 그렇게 주목받지 못하던 시절이 있었지만, 부모님이 운영하던 식당을 정리할 무렵부터 교대라도 하듯이 텔레비전에 나오기 시작했고, 조금이지만 이름이 알려지기 시작했다.

크게 히트를 친 것은 아니지만, 텔레비전에서 노래가 종종 흘러나오곤 했다. 간신히 하루 벌어 하루 먹고 살던 사람이라고는 생각되지 않는 부드러운 노랫소리였다.

"겐이치 군의 노래를 듣고 있으면 마음이 행복해져."

텔레비전에 나오게 되기 전부터 어머니는 그렇게 말하곤 했다. 라디오에서 그의 노래가 흘러나오면 따라서 흥얼거렸다. 노래를 그다지 잘하지는 않았지만 즐겁게 따라 불렀다.

어떤 식으로 그날의 이야기가 마무리되었는지는 기억나지 않지만, 미쓰요는 가족과 함께 이스트 빌리지를 찾아갔다.

가와쿠보 겐이치가 어떤 노래를 했는지도 기억나지 않는다. 〈예스터데이〉를 부른 것 같기는 한데, 그것도 정확한 기억은 아니다. 소중한 추억마저도 나이를 먹으면 희미해지고 만다.

기억나는 것은 어머니가 남긴 말뿐이다. 어머니는 아

버지에게 들리지 않을 정도의 목소리로 속삭였다.

"행복한 인생을 살게 해줘서 고마워."

미쓰요는 그 자리에서 울고 말았다.

"적어도 콘서트가 진행되는 동안에는 울지 않으려고 했는데, 엄마 때문에 실패했잖아요."

미쓰요의 말에 어머니는 난감해 하며 머리를 쓰다듬어 주었다. 상냥하고 따뜻한 손길이었다.

사흘 뒤, 어머니는 다시 입원했다. 그리고 의사 말대로 3개월 뒤 세상을 떠났다. 병원에도 라디오를 가지고 들어가 마지막 순간까지 노래를 들었다. 괴로웠을 텐데도, 항상 미소를 짓고 있었다.

어머니가 떠난 세상에서 미쓰요는 여전히 가와쿠보 겐이치의 노래를 들었다. 어머니의 몫까지 들어야겠다는 마음이 있었는지도 모르겠다.

그래서 이스트 빌리지에도 여러 번 찾아갔다. 아버지와 함께 간 적도 있고, 친구와 간 적도 있다. 맞선을 보고 결혼한 뒤에는 남편과 함께 갔다.

이윽고 딸이 태어났다. 그리고 이번에는 아버지가

병에 걸렸다. 수술을 해도 살 가망이 없다고 의사가 말했다.

어렸을 때는 몰랐지만, 대부분의 사람이 병에 걸리면 의사를 찾고 병원에서 죽는 것이 일반적인 요즘 세상에 시한부 선고는 그리 드문 일도 아니다. 어머니 때보다도 의학은 진일보해서, 옛날보다 정확하게 남은 수명을 맞출 수 있게 되었다.

그렇게 아버지도 시한부 선고를 받았다. 아버지는 이미 마음의 준비를 하고 있었던 모양이다. 가망이 없다는 말을 들은 바로 그날, 미쓰요에게 말했다.

"네 엄마 흉내를 좀 내볼까?"

그렇게 말을 꺼내더니, 아버지는 이렇게 말했다.

"너와 노래를 들으러 가고 싶구나."

아버지를 살릴 수 있다면 무엇이든 하고 싶었지만, 불가능하다는 것을 알았다.

"네 엄마도 같이 가자."

아버지는 어머니의 사진을 몸에 늘 지니고 다녔다. 맞선 때 받았다고 하는 흑백 사진이다. 미쓰요보다 젊은 어머니가 수줍은 표정으로 찍혀 있었다.

가족 셋이서 이스트 빌리지에 가서, 가와쿠보 겐이치의 노래를 들었다. 돌아오는 택시에서 아버지에게 "행복하게 잘 살아야 한다"라는 말을 들었다. 미쓰요는 대답할수가 없었다. 눈물이 먼저 흘렀기 때문이었다.

아버지는 어머니와 같은 길을 따르듯이 입원을 하고, 그리고 세상을 떠났다. 어머니와 같은 병원에서 숨을 거두었다.

병원 침대 머리맡에는 어머니의 흑백 사진이 놓여 있었다.

남편과 딸, 그리고 미쓰요 셋만의 생활이 시작되었다. 남편은 말수가 적은 사람이었지만, 가족에게는 다정했다.

다투기도 많이 했지만, 그것까지 포함해서 행복한 인생이었다고 생각한다. 미쓰요의 기억 속에는 항상 가와쿠보 겐이치가 부르는 〈예스터데이〉가 흘렀다. 여러 가지 사건이 어제 일처럼 떠올랐다.

그러나 모든 것은 지나간 일이다. 다정했던 남편도이제 없고 딸은 결혼해서 먼 지방에서 살고 있다. 그리고 가와쿠보 겐이치도 죽었다. 러시안 블루 고양이 소라도 미쓰요를 두고 떠나 버렸다.

"결국엔 나만 혼자 남았네……."

고양이 식당 문 밖에서 이렇게 중얼거리는데 눈물이 핑 돌았다. 슬픈 것은 어쩔 도리가 없다. 행복했던 추억이 미쓰요를 더욱 슬프게 만들었다.

하지만 울고 있을 때가 아니다. 이 문 저편에서 가와쿠보 겐이치가 〈예스터데이〉를 부르고 있다. 문을 열면 그를 만날 수 있다.

눈물을 닦고 이스트 빌리지의 문을 열었다. 가와쿠보 겐이치의 노랫소리가 더 크게 들려왔다.

미쓰요는 진작에 철거되었던 라이브 하우스에 들어섰다.

정말로, 있었다.

세상을 떠난 가와쿠보 겐이치가 거기에 있었다.

새하얀 머리카락에 둥근 안경을 쓴, 나이 든 가와쿠보 겐이치가 의자에 앉아 기타를 치면서 〈예스터데이〉를 부르고 있다. 마지막 콘서트에서 본 모습 그대로다. 노랫소리를 들었을 때부터, 미쓰요는 이 모습을 상상하고 있었다.

하지만 모든 것이 상상대로였던 것은 아니다. 라이브 하우스에는 손님이 없었다. 스태프도 보이지 않는다. 가와쿠보 겐이치밖에 없었다.

문에 '이스트 빌리지 영업중'이라고 적힌 팻말이 걸려 있었지만, 들어와서는 안 되는 시간이었을까?

가와쿠보 겐이치가 기타 연주를 멈추고 이쪽을 보았다. 미쓰요가 들어온 것을 방금 눈치챈 모양이다.

역시 안 되는 거였나 하고 걱정이 되어 미안합니다, 하고 사과하고 밖으로 나가려 했을 때였다. 가와쿠보 겐이치가 말을 걸어왔다.

"오랜만이네요."

생각지도 못한 말이었다. 미쓰요에게 말을 걸 거라고는 생각도 못했다. 대답을 망설이고 있는데 가와쿠보 겐이치가 다시 물어왔다.

"식당집 따님 맞죠?"

"네?"

"아닌가요? 50년 전 정도 전에, 역 앞에 있던 식당말이에요."

"아⋯⋯. 네, 맞아요."

말을 더듬으며 대답했다. 미쓰요를 기억해 주다니, 믿어지지 않았지만 가와쿠보 겐이치는 그보다 더한 것까지 알고 있었다.

"콘서트에도 여러 번 와주었잖아요."

너무 놀라서 말문이 막혔다. 눈을 휘둥그레 뜨고 있자 가와쿠보 겐이치가 다시 한번 물었다.

"저 말고 다른 사람을 만나지 않아도 괜찮겠어요?"

이 질문의 의미는 이해할 수 있었다. 기적이 일어나는 것은 단 한 번뿐이라고 가부라키에게 들었다. 가와쿠보 겐이치를 만나면, 다른 죽은 사람과는 만날 수 없다는 뜻이다.

"네, 괜찮아요."

어머니, 아버지, 남편.

만나고 싶은 사람이 여럿 있다. 소라와도 만나고 싶다. 몇 살 더 젊었더라면 그 중의 누군가를 만났을지도 모른다.

하지만 미쓰요는 이미 일흔이다. 인생의 끝이 보이기 시작하는 나이다. 가족과는 저세상에 가서 만나면 된다. 부모님도, 남편도, 소라도, 미쓰요를 기다리고 있을

214

것이다.

하지만 가와쿠보 겐이치는 생판 남이다. 저세상에 간 뒤에도 만날 수 있을 거라는 생각이 들지 않았다. 그래서 분명하게 말할 수 있었다.

"가와쿠보 씨를 만나고 싶었어요."

아무도 없는 객석의 가장 앞 열에 앉았다. 가와쿠보 겐이치가 〈예스터데이〉를 다시 부르기 시작했다. 그의 노래는 부드럽게 미쓰요의 마음을 어루만진다. 내일이 없는 노인은 어제를 그리워하는 노래를 좋아한다. 즐거 웠던 추억이 하나하나 되살아났다.

부모님의 식당에서 일을 도왔던 것.

가족 셋이서 피크닉을 갔던 것.

선을 보고, 처음 남편과 데이트한 날.

결혼식을 올렸을 때, 아버지가 눈물을 보였던 것.

딸이 태어난 날.

딸이 처음으로 엄마라고 부른 날.

딸의 결혼식에서 이번에는 남편이 눈물을 보였던 것.

딸 부부가 온천에 데려가 주었던 것.

소라를 처음 집에 데려온 날.

힘들고 슬픈 일도 분명 많이 있었을 텐데, 즐거운 기억만이 떠오른다. 먼 옛날의 일인데도, 어제 일처럼 생생했다.

행복했다.

멋진 인생이었어.

이제 죽어도 여한이 없다.

가와쿠보 겐이치의 〈예스터데이〉가 끝났다. 명곡은 여운까지 아름다워서, 미쓰요는 박수를 치는 것도 잊었다.

그래도 감동하고 있다는 것은 전달되었을 것이다. 가와쿠보 겐이치가 멋쩍어하며 말했다.

"이쪽 세계에서 노래하는 것은 오랜만이라서, 굉장히 긴장했습니다."

그 말에 문득 어떤 생각이 들었다.

"그럼 저세상에서도 노래를 부르시나요?"

"그럼요. 노래밖에 할 줄 아는 게 없는걸요."

가와쿠보 겐이치는 당연하다는 듯이 대답하고는, 더 신경 쓰이는 말을 했다.

"콘서트도 하고 있답니다."

"정말요?"

"물론 정말이죠. 저도 이스트 빌리지도, 저쪽 세계에서는 현역이니까요."

가와쿠보 겐이치의 콘서트를 찾아가는 부모님과 남편의 모습이 떠올랐다. 남편의 팔에는 소라가 안겨 있고, 모두가 행복하게 웃고 있었다. 하지만 거기에 미쓰요는 없다. 미쓰요는 자기 혼자 외톨이가 된 것 같은 기분이 들었다.

"저도 그쪽에 갈 수는 없나요?"

저도 모르게 이 말이 입에서 흘러나왔다. 미쓰요의 본심이었다. 지금 당장이라도 죽고 싶었다. 잠시 침묵하다가, 가와쿠보 겐이치가 말했다.

"서두르지 않아도, 곧 올 수 있어요."

사람은 누구나 언젠가는 죽는다는 뜻이겠지. 알고 있다. 물론 알고 있지만, 그 날이 오기까지 기다리기가 너무 힘들다.

"아무도 없는 집에 혼자 돌아가고 싶지 않아요."

더 이상, 하루도, 외톨이로 있고 싶지 않았다. 초고령 사회라 불릴 정도로 수명은 길어졌을지 모르지만, 행복한 시간이 늘어난 것은 아니다. 외톨이로 살아가는 시간이 길어졌을 뿐이다.

고독사를 두려워하면서 잠자리에 든다. 잘 자라는 인사를 나눌 상대도 없다. 하루가 시작되어도, 가끔 요양시설에 들르는 것밖에 할 일이 없었다.

"이미 죽은 거나 다름없이 살고 있는걸요."

나를 필요로 하는 사람은 아무도 없다. 갑자기 사라져도 아무도 찾지 않을 것이다. 노인네의 뒤틀린 심사가 아니라 어디까지나 사실이다. 말 한 마디 하지 않고 하루가 끝나는 날이 드물지 않은 삶을 살고 있다.

"그냥 빨리 죽고 싶어요."

눈에서 눈물이 흘러내렸다. 억울하고 슬프고 외로웠다. 이 심정을 털어놓을 상대도 없다. 나이를 먹는 것이 이렇게 비참한 일인 줄은 미처 몰랐다. 이렇게 오래 살지 말 걸 그랬다. 남편과 함께 죽을 걸 그랬다.

"그렇지 않아요."

가와쿠보 겐이치가 가까이 다가왔다. 고독한 할머니를 내버려 둘 수 없어 위로를 해주려 하는 모양이다.

"당신은 살아 있어요. 죽은 거나 마찬가지라니, 그럴

리 없잖아요."

예상한 대로의 말을 해주었다. 이래서야 투정부리는 것이나 다름없다. 가와쿠보 겐이치에게 위로받고 싶어서 우는 소리를 하고 말았다.

이러니까 노인은 성가시다는 소리를 듣는 거다. 이대로 사라져 버리고 싶은 기분이었지만, 눈물은 멈추지 않았다. 나이를 먹으면 눈물샘이 느슨해져서 문제다.

하지만 울고만 있다가는 정나미가 떨어질 것이다. 노인네의 눈물만큼 지켜운 것도 없으니까. 그 정도 정신은 남아 있었다.

"죄송합니다. 이제 이런 말 그만할게요. ……이제 울지 않을 테니까, 콘서트를 계속해 주세요."

억지로 밝은 목소리를 쥐어짰다. 좀 더 가와쿠보 겐이치의 노래를 들으며 옛 추억에 잠겨 있고 싶었다.

살아 있고 싶지 않은 것은 사실이지만, 굳이 남에게 부탁할 필요도 없는 일이다. 멋대로 저세상으로 가 버리면 그만일 뿐, 그렇게 어려운 것도 아니다.

"다음 곡을 불러주세요."

미쓰요는 진심을 담아 부탁했다. 그러나 노래는 시작

되지 않았다. 가와쿠보 겐이치를 보자 표정은 상냥한 그 대로였지만, 이제 기타를 집어들려고 하지 않았고 〈예스 터데이〉도 들려오지 않는다.

내가 분위기를 깨버린 걸까?

울고 있는 할머니를 앞에 두고는 노래할 마음이 내키 지 않는지도 모른다. 어느 쪽이든 내 탓이다. 모처럼의 콘서트를 다 망쳐버렸다.

"부탁이에요. 노래를 불러주세요. 조금만 더 듣고 싶 어요."

세상에는 아무리 빌어도 되돌릴 수 없는 일이 있다. 미쓰요의 인생은 수많은 때늦은 후회로 점철되어 있다.

"제 노래는 이제 끝났습니다."

부드럽지만, 단호한 목소리였다. 매달릴 엄두가 나지 않았다. 사실을 전달할 뿐이라는 말투기도 했다.

"끝이라니요?"

매달리려 하는 미쓰요를 향해 가와쿠보 겐이치가 이 어서 말했다.

"저도, 이스트 빌리지도 저세상으로 돌아갈 시간입니 다."

"돌아갈 시간이라고요?"

"네. 추억 밥상이 식기 전까지밖에 여기에 있을 수 없어요."

몰랐다. 생각도 못 했다. 자기 연민에 푹 빠져 있는 바람에 어떤 시간이라도 결국 끝이 있다는 것을 잊고 있었다. 우는 소리나 늘어놓다가 소중한 시간을 낭비해 버렸다.

이렇게 후회하는 동안에도 시간은 흘러간다. 울며 매달려도 다시는 돌아오지 않는다. 옛일을 떠올린다고 현재가 바뀌는 것도 아니다. 혼자 남은 비참한 노인이라는 현실은 여전했다.

잔혹한 시간의 흐름에 충격을 곱씹고 있는데, 어딘가에서 고양이의 울음소리가 들려왔다.

"냐아옹."

마치 죽은 소라의 울음소리 같았다. 나를 부르고 있는 걸까? 소라는 미쓰요의 모습이 보이지 않으면 계속 울곤 했다.

대답하려고 한 순간, 무대가 암전되었다.

캄캄한 어둠에 휩싸여 아무것도 보이지 않았다. 하지만 한순간뿐, 곧 빛이 돌아왔다.

그 사이에 세계도 원래대로 돌아와 있었다. 방금 전까지 이스트 빌리지에 있었는데, 지금은 고양이 식당의 창가 자리에 앉아 있다.

하지만 모두 원래대로 돌아온 것은 아니었다. 꼬마는 있지만 가이와 고토코는 없다. 대신 가와쿠보 겐이치의 모습이 있었다.

괘종시계를 보자, 바늘은 멈춘 상태 그대로였다. 고장난 것이 아니다. 정말 시간이 멈춰 있는 것이다.

그리고 테이블에 놓인 추억 밥상은 거의 식어 있었다. 김이 보일 듯 말 듯 올라오고 있다.

"만나러 와주셔서 정말 감사했습니다."

가와쿠보 겐이치가 고개 숙여 인사를 했다. 그 모습이 사라져가고 있다. 오래된 사진이 빛 바래듯, 조금씩 희미해져갔다. 저세상으로 돌아가려 하는 것이다.

나도, 저세상으로 가고 싶다.

외톨이로 살고 싶지 않아.

다시 생각했다. 마음 속 깊이, 진심으로 그렇게 생각

했다. 이번에는 소리 내어 말하지 않았지만, 가와쿠보 겐이치에게는 전해진 모양이다.

"당신은, 아직 저세상에 갈 수 없어요. 이 세상에서 할 일이 남아 있으니까요."

마치 타이르는 것 같았다. 용기를 심어주려는 생각이겠지만, 미쓰요에게는 어울리지 않는 위로였다. 아까 한 이야기를 듣고 있지 않았던 걸까?

"제가 할 일이라곤 이제 아무것도 없는 걸요."

"아니, 있어요."

가와쿠보 겐이치는 딱 잘라 말했다. 뭔가를 아는 것 같은 말투다. 미쓰요는 기대했다. 할 일이 정말로 남아 있다면, 알아 두고 싶다. 이어질 말을 기다렸다.

그러나 그 기대는 실망만을 남겼다. 가와쿠보 겐이치의 대답이 실없는 농담에 불과했기 때문이다.

"내 노래가 좋은 이유를 알려주세요."

미쓰요는 귀를 의심했다. 잘못 들은 것이 아니라는 것을 알고는 분노가 치밀었다.

자기 노래가 좋은 이유를 알려주라고?

누구에게?

나를 놀리는 게 분명하다. 홀로 남은 노인네를 놀리고 있다. 다정하게 대해준 것은 분명하지만, 어차피 가와쿠보 겐이치는 연예인이다. 고독이라는 것을 모른 채 죽었을 것이다. 미쓰요의 기분을 알 리가 없다.

내가 뭐하러 고양이 식당에 왔담.

가와쿠보 겐이치를 만나지 말 걸 그랬어.

모처럼의 추억이 엉망이 되어 버렸다. 죽는 날까지 가와쿠보 겐이치의 노래를 들었던 부모님까지 무시 당하는 기분이 들었다.

"알려줄 사람이 없단 말이에요!"

내던지듯이 말했다. 미쓰요가 화를 내고 있다는 것을 알았을 텐데도, 가와쿠보 겐이치는 장난을 멈추지 않았다.

"아니, 있어요. 친구들이."

역시, 미쓰요를 놀리고 있다. 분노가 가라앉으면서 슬픔이 밀려왔다. 바로 그때, 꼬마가 울었다.

"냐아."

그 울음소리는 마치 깔깔 웃는 것처럼 들렸다. 고양이까지 나를 놀리는 걸까 싶었지만, 그게 아니었다. 가와쿠보 겐이치가 울음소리를 마치 통역해 주듯이 말했다.

"마침 여기 오셨네요."

"네?"

미쓰요가 되물었다. 무슨 말인지 이해할 수 없었지만, 곧 알게 되었다.

가와쿠보 겐이치가 말을 채 잇기 전에, 고양이 식당의 창밖에서 목소리가 들려왔다.

"야마다 씨, 거기 있죠?"

"데리러 왔어요!"

"있으면 얼굴을 보여줘요!"

세 사람의 목소리였다. 누구의 목소리인지는 금방 알았다. 요양시설의 다과회에서 자주 만나던 노인 세 명이다. 게다가 그들의 목소리는 먹먹하게 울려 들리지 않았다.

창밖을 보자 이스트 빌리지는 흔적도 없이 사라지고, 여기에 처음 왔을 때처럼 하얀 조개껍데기의 오솔길이 보였다. 거기에 익숙한 얼굴들이 나란히 서 있었다.

"후지이 씨, 토모미 씨, 그리고 가나야마 씨까지……."

세 명의 노인이 눈을 부릅뜨고 출입구를 노려보고 있다. 지금 당장이라도 쳐들어오려는 듯한 얼굴이다.

"……왜 여기에?"

미쓰요의 의문에 가와쿠보 겐이치가 답해주었다.

"오늘도 다과회 모임이 있었는데 미쓰요 씨가 보이지 않으니 걱정이 되어서 집까지 찾아가 봤다고 하네요."

거기까지는 이해할 수 있다. 연하장을 주고받기도 했고, 남편의 장례식에도 와주었으니 미쓰요의 집을 아는 것도 당연하다.

"그런데 미쓰요 씨가 없었어요. 아침 첫차를 탔으니까 당연하겠죠."

그래서 더 불안해진 나머지 전화를 걸어보려고 했지만 휴대전화 번호를 몰랐다. 요양시설의 직원에게 물어도 개인정보는 가르쳐주지 않는다.

"처음부터 수상한 곳에 갔을 거라고 의심하고 있었으니까요."

수상한 곳이란, 고양이 식당을 말한다. 셋이서 사기라고 단정 짓고는 악당의 소굴로 들어갔다고 믿어 버린 모양이었다.

"그러니 구하러 가야한다고 의견을 모았다고 합니다."

고양이 식당에 대해서는 가부라키에게 들어서 알게 되었다. 요양병원에서 만난 사이니 그중에 누군가가 병문안을 가서 같은 이야기를 들었다고 해도 이상할 것 없다.

하지만 그렇다고 이렇게까지 할까? 노인들은 대개 오지랖 넓고, 고집 세고, 쉽게 극단적인 행동까지 하는 법이라지만, 정말로 위험한 곳이었다면 어쩌려고 저럴까? 게다가 이렇게 멀리까지 달려와 주다니.

"당신도 입원해 있는 가부라키 씨를 위해서 멀리까지 병문안을 갔다 왔잖아요?"

"그거랑 이건 다르죠……."

"마찬가지예요."

가와쿠보 겐이치는 이상할 것 없다는 듯이 말했다.

"친구를 걱정하는 것은 당연한 일이니까요."

"친구라고요?"

반문한 순간, 아까 들은 말이 떠올랐다.

"친구들에게 내 노래가 좋은 이유를 알려주세요."

미쓰요를 놀리려고 한 말이 아니었다. 오히려 아무것도 모르고 있던 것은 내 쪽이다. 정말 몰랐다. 옛날 생각에 푹 빠진 나머지, 친구가 있다는 것을 깨닫지 못했다. 계속 뒤만 돌아보면서 살아왔다.

외톨이가 아니었다. 미쓰요는 정말로 친구들이 있었다. 내 이름을 불러주는 친구들이 있다. 가와쿠보 겐이치가 그것을 가르쳐 주었다.

고맙다는 인사를 하려고 했지만, 가와쿠보 겐이치는 사라지고 없었다. 저세상으로 돌아가버린 것이다.

"정말 고맙습니다."

김이 사라진 추억 밥상을 향해 고개를 숙였다. 이제 목소리는 먹먹하지 않았다. 기적의 시간은 끝났다.

괘종시계의 바늘이 움직이기 시작했다.

문득 정신을 차리자 사라졌던 가이와 고토코가 테이블 옆에 서 있었다. 가와쿠보 겐이치와 만난 것은 미쓰요뿐인 모양이다.

가이가 창밖의 노인들을 보며 물었다.

"친구분들이신가요?"

대답은 정해져 있다.

"아주 소중한 친구들이랍니다."

그렇게 대답하자 꼬마가 기쁜 듯이 "냐아아" 하고 울었다. 가와쿠보 겐이치와 만난 것은 자신만이 아니었다. 소리가 먹먹한 세계에, 꼬마도 같이 있었다. 그리고 모든 것을 지켜보고 있었다.

"그럼, 안으로 안내하겠습니다."

가이가 말하자 고토코가 사람 수만큼 차를 준비하기 시작했다. 추억 밥상을 정리하고, 세 명의 자리를 추가로 마련했다. 마법처럼 미쓰요의 친구들을 맞이할 준비가 끝났다.

분명 이것저것 캐물을 테지만, 설명하면 이해해줄 거라는 생각이 들었다. 가와쿠보 겐이치의 노래가 좋은 이유도 분명 알아줄 것이다. 인생 100세 시대니까, 시간은 충분하다.

"경찰을 불러야 하지 않겠어?"

"나도 그렇게 생각해요."

"그래요. 내가 전화해 볼게요."

그런 과격한 발언이 들려왔다. 고토코가 깜짝 놀라
눈을 동그랗게 떴다.

"빨리 나가봐야겠네요."

가이가 혼잣말을 하더니 밖으로 나가려 했다. 그때
미쓰요가 가이를 불러 세웠다.

"잠깐만요."

"네?"

"내가, 직접 안내할게요."

저 사람들은 고양이 식당이 사기꾼의 소굴이라고 굳
게 믿고 있다. 가이를 화살받이로 세우기는 너무 미안한
일이다. 무엇보다 직접 마중하러 가고 싶었다.

"그럼 부탁드리겠습니다."

가이가 문을 열어주었다. 꼬마가 바깥세상에 흥미를
보였지만, "밖에 나가면 안 돼"라는 말과 함께 고토코에
게 붙잡혔다.

"냐앙."

꼬마가 아쉽다는 듯이 울었다. 미쓰요는 자리에서 일어나 고양이 식당 밖으로 나갔다.

세계는 눈부신 햇살과 바다 냄새로 가득했다. 눈앞에 바다와 하늘이 펼쳐져 있다. 미쓰요는 세 명의 참견쟁이 친구들에게 말을 걸었다.

"여기 있으니까 그만들 찾아요."

네 번째 추억

삼색 고양이와
어제 만든 카레

미시마 호

봄에는 신록과 벚꽃, 가을에는 단풍 등 계절마다 호수와 조화를 이루는 아름다운 경치를 즐길 수 있다. 미시마 호와 미시마 댐의 자연 경관은 기미쓰시의 '다음 세대에 전하고 싶은 20세기 유산'으로 지정되어 있기도 하다.

미시마 댐, 미시마 호와 인근의 도요후사 댐, 도요후사 호를 포함하는 그 인근 지역은 '세이와현민의 숲'으로 지정되어 있다. 일본에서도 손꼽히는 3,200헥타르에 이르는 넓이를 자랑하는 이 숲은 낚시는 물론 캠핑, 하이킹 등의 아웃도어 레저를 즐길 수 있는 장소로서 지바현민들의 사랑을 받고 있다. *

* 출처: 기미쓰시 공식 홈페이지

구마가이는 고토코가 소속되어 있는 극단의 대표다. 곰 같이 덥수룩한 수염 때문에 마흔이 너끈히 넘어 보이지만, 아직 서른 몇 살밖에 되지 않았다고 한다.

극본만 쓰고 무대에는 오르지 않지만, 극단원에게 본보기로 직접 연기를 보여줄 때가 있다. 그때마다 죽은 오빠 유이토의 말이 떠오른다.

"저런 사람이 바로 천재 아닐까?"

자존심 세고 지기를 싫어하는 오빠가 그렇게까지 높이 평가했다. 뛰어난 젊은 신인 배우로서 텔레비전에도 얼굴을 비추며 미디어의 주목을 받던 오빠였지만, 자신은 구마가이에게 비할 바가 못된다고 생각하고 있었던 것 같다.

실제로 구마가이의 연기력은 매우 뛰어났다. 영화나 드라마의 주연을 차지하는 연기파 배우들 못지 않았다. 그런데도 영화나 드라마 오디션을 보는 일도 없고, 자신의 극단에서조차 무대에 서려고 하지 않았다.

"왜 배우는 하지 않으세요?"

그렇게 물어도 구마가이는 "글쎄, 어쩌다 보니까" 하고 얼버무릴 뿐, 제대로 대답해주지 않았다.

딱 한 번 구마가이의 이름을 검색해 봤다가 몇 개의 작은 기사를 발견했다. 10년 정도 전의 사진과 함께 주목 받는 젊은 배우로 소개되고 있었다. 수염이 없는 말끔한 얼굴이었다. 할리우드 스타 같은 정통파 미남 배우로 젊은 여성들에게 큰 인기를 모으고 있다고 쓰여 있었다.

그 후 구마가이의 신상에 무슨 일이 있었는지는 알 수 없었다. 더는 기사도 없었고, 몰래 뒷조사를 하는 것 같아서 더 자세하게 검색해보지 않았다. 언젠가 본인에게 직접 물어볼 생각이었지만, 마땅히 기회를 잡지 못한 채 시간이 흘렀다.

그러던 어느 날의 저녁이었다. 극단 연습이 끝나고

집에 돌아가려고 하는데 구마가이가 말을 걸었다.

"시간 좀 내줄 수 있을까?"

연습이 끝난 뒤에 따로 남는 것은 자주 있는 일이다. 고토코는 배우라고 나서기에는 아직 부족한 햇병아리라서, 지적을 받을 때가 많았다. 그래서 이날도 연기 지도를 받을 거라고 생각했다. 다른 극단원들도 그렇게 생각했는지, 고토코와 구마가이를 두고 먼저 돌아갔다.

둘만 남은 연습실에서 구마가이가 말을 꺼냈다.

"고양이 식당 일로 부탁을 좀 하고 싶은데."

의외의 말이었다. 아르바이트를 하고 있다는 이야기는 한 적이 있지만 지금까지 전혀 물어본 적도, 고양이 식당에 찾아온 적도 없었기 때문이다.

"무슨 일이신데요?"

물어보자 구마가이가 말했다.

"이번 일요일, 추억 밥상을 예약하고 싶어."

역시 뜻밖의 말이었지만, 원래 고양이 식당은 구마가이가 가르쳐준 곳이다. 단골이었다고 들었고, 추억 밥상에 대해서도 전부터 알고 있었다고 했다.

그러니 고양이 식당을 찾는 것은 이상할 것 없지만,

예약을 받는 것은 고토코의 일이 아니라 가이가 관리하고 있다. 이미 예약이 차 있을 수도 있고, 일요일에 예약이 가능한지는 가이에게 물어봐야 알 수 있었다.

구마가이도 그것은 잘 알고 있었다.

"고토코가 좀 물어봐줄 수 있을까? 이야기를 전달해 줬으면 해. 추억 밥상을 차릴 때는 사정을 알고 있는 편이 좋으니까."

죽은 사람을 추모하는 요리를 만드는 것이니까, 어느 정도의 정보는 필요하다.

"그렇지만……."

고토코는 망설였다. 그것이야말로 가이가 직접 들어야 하지 않을까 싶었던 것이다. 그러나 구마가이는 이어서 이야기를 했다.

"나나미 씨와는 잘 아는 사이였지만, 가이 군과는 이야기를 나눈 적이 없거든. 전화로 설명을 잘 할 수 있을지 자신이 없어서 말이야."

잘 모르는 사람에게는 말하기 어려운 일인가 보다. 뭔가 사연이 있어 보였다. 그런 모습에 더욱 망설여졌지만, 구마가이는 고토코의 대답을 기다리지 않고 이야기를 시작했다.

"죽은 아들을 만나고 싶어."

"네?"

고토코는 저도 모르게 되물었다.

죽은 아들?

결혼을 했다는 것조차 몰랐다. 놀란 고토코를 개의치 않고, 구마가이는 말을 이었다.

"헤어진 아내까지 두 사람 분의 예약을 부탁할게. 아들을 만나게 해줘."

고토코는 이렇게 구마가이의 과거를 알게 되었다.

구마가이는 어려서부터 극단에 소속되어 있었다. 초등학생 때부터 무대에 섰고, 장래에는 영화나 드라마에 출연하는 배우가 될 거라고 믿으며 살아왔다.

중고등학교 때도 성적은 좋았지만, 대학에 진학할 생각은 없었다. 대학에 갈 필요가 없다고 생각했기 때문이다. 고등학교를 졸업하면서 연예기획사에 들어갔다. 유명한 대형 기획사였다. 영화나 드라마에 출연하려면 그게 가장 빠른 길이라고 생각했다.

예상은 옳았다. 대형 기획사의 힘은 강해서, 단역이지만 곧 지상파 방송국의 드라마에 출연할 수 있게 되었다. 좋은 평가를 받으면 영화의 배역도 들어올 거라고 생각했다. 모든 게 순조로웠고 꿈이 이루어지려 했다.

그때, 그녀를 만났다.

하야시바라 스미레.

같은 소속사의 네 살 연상의 여배우다. 그렇게 유명하지는 않았지만, 연기력이 뛰어난 존재감이 있는 배우였다. 구마가이는 그런 그녀와 사랑에 빠졌고 스미레도 선뜻 마음을 받아주었다. 운명적인 사랑이라고 생각했다.

당연한 과정처럼 프로포즈를 하고, 결혼까지 이어졌다. 구마가이가 스무 살이 되었을 때, 구청에 가서 혼인신고를 했다. 아무도 없는 연습실에 숨어 들어가 둘만의 결혼식을 올렸다. "건강할 때도 병들었을 때도, 죽음이 두 사람을 갈라놓을 때까지, 스미레를 사랑하겠습니다" 라고 맹세했다.

다음날 두 사람은 나란히 소속사에 보고를 하러 갔다. 숨길 생각은 전혀 없었다. 결혼을 축하 받을 거라고 생각했던 것이다.

하지만 기다리고 있었던 것은 질책이었다.

"결혼이 장난인 줄 알아? 당장 헤어져!"

소속사의 높은 분께 호통을 들었다. 화가 나기 이전에 깜짝 놀랐다. 당연히 장난으로 결혼한 것도 아니고, 헤어지라고 하는 이유도 알 수가 없었다.

"대체 왜요?"

"정말 몰라서 물어?"

어이없다는 듯한 반문이 돌아왔다. 정말로 알 수가 없었다. 그렇게 대답하자 소속사 사람이 그것도 모르냐는 듯이 가르쳐 주었다.

"인기가 떨어지니까 그렇지."

의미는 이해했지만 그럴 리 없다고 생각했다. 결혼한다고 인기가 떨어지는 것은 아이돌이나 그렇지 연기파 배우는 상관없다고, 그렇게 믿었다.

하지만 착각이었다.

뭘 몰랐던 것은 구마가이 쪽이었다. 갓 스무 살의 젊은 배우에게 요구되는 것은 그야말로 아이돌다운 역할이었다. 구마가이가 연기파 배우라고 생각하는 관계자는 아무도 없었다.

소속사 사람은 구마가이보다 스미레에게 더 화를 냈고 사람들이 모두 듣는 앞에서 스미레를 모욕하기까지 했다.

"너는 주제도 모르고 이게 무슨 짓이야? 인기도 없는 주제에, 한창 떠야 할 신인을 건드리다니. 남자가 필요하면 다른 데서 찾아보든가 할 것이지."

스미레는 고개를 떨구고 있을 뿐 아무 말도 하지 않았지만, 구마가이는 가만히 있을 수 없었다.

"그런 식으로 말씀하지 마세요."

"뭐? 그럼 어떻게 말하면 되는데? 발정난 암코양이라고 할까?"

생각보다 손이 먼저 나갔다. 때린 것은 아니다. 가볍게 밀쳤을 뿐이다. 그러나 소속사 사람은 요란스레 뒤로 넘어갔고, 동시에 책상에 있던 서류가 이리저리 흩날렸다.

온 소속사의 이목이 쏠렸다. 남자는 구마가이를 노려보며 낮게 으르렁거렸다.

"너, 각오해. 다시는 이 바닥에 못 돌아올 줄 알아."

그리고 계약 해지를 통보받았다. 대형 기획사의 영향력은 크다. 구마가이가 폭력을 휘둘렀다는 소문이 업계에 퍼져 다른 기획사에 들어갈 수도 없게 되었다.

스미레에 대해서도 마찬가지였다. 소속사에서 키우고 있는 신인 배우를 건드렸다는 꼬리표가 붙은 채 업계에서 추방당했다.

두 사람은 그렇게 연예계에서 사라졌다.

이렇게 배우로서의 커리어는 끝났지만, 구마가이와 스미레의 인생은 이어졌다. 이윽고 아이가 태어났다. 사내아이였다. '쇼마'라고 이름을 지었다. 생활은 고됐다. 쇼마를 어린이집에 맡기고 스미레와 둘이서 필사적으로 일했다. 구마가이는 이삿짐센터에 취직해 아침부터 밤까지 짐을 날랐다. 배우였던 것은 잊어버렸다.

아이는 빨리 자라 초등학생이 되었다. 이목구비는 구마가이를 많이 닮아서, 구마가이가 어렸을 때를 쏙 빼닮았다. 그러나 성격은 어른스러웠다. 요즘 초등학생은 모두 그런지 모르겠지만, 되바라진 말을 해서 부모를 당황시키는 아이로 성장했다.

구마가이도 스미레도 계속 일을 해야 했기 때문에 같이 쉴 수 있는 날이 별로 없었다. 더욱이 스미레는 백화점에서 일하고 있어서, 주말과 공휴일이 특히 바빴다. 그러다 보니 학교가 쉬는 날에도 일하러 가야 할 때가 많았다. 아이를 혼자 두고 싶지 않았기 때문에 주말에는 사정이 되는 한 구마가이가 일을 쉬는 편이었다.

그날도 그런 날이었다. 출근하는 스미레를 배웅한 뒤, 구마가이가 쇼마에게 물었다.

"우리 어디 놀러 갈까?"

"응!"

그 무렵 구마가이 가족은 지바현에 있는 작은 마을에 살고 있었다. 도쿄보다 집세가 쌌기 때문이다.

더 먼 지방에 가서 살아도 괜찮았겠지만, 도쿄에서 더 멀어지기가 어쩐지 쉽지 않았다. 배우였던 과거는 잊어버릴 생각이었지만, 미련이 남아 있었는지도 모른다.

지바현은 디즈니랜드가 있는 것으로 유명하지만, 쇼마는 흥미를 보이지 않았다. 놀이공원보다 낚시나 캠핑을 좋아하는, 이를테면 아웃도어파다. 그날 쇼마는 초등학생답지 않은 제안을 했다.

"스보리 터널* 을 보러 가요."

이 마을에 살기 전에는 들어본 적도 없었지만 스보리 터널은 지바현의 명물 중 하나다. 콘크리트를 두르지 않아서 암반과 지층이 겉으로 드러나 보이는 것이 특징이다. 쇼마는 한창 스보리 터널에 빠져 있어서, 쉬는 날마다 구마가이를 재촉하곤 했다.

"이것 봐요. 엄청 멋있어! 아빠, 빨리 가요!"

그런데 신기하게도 스미레가 있을 때는 가자고 하는 법이 없었다. 그 이유를 묻자 제법 그럴싸한 말을 했다.

"남자의 로망이니까, 엄마는 이해 못 해. 재미없어 할 것 같아서."

만화나 애니메이션에서 주워 들은 대사인 모양이다. 남자의 로망이라는 말을 들을 때마다 스미레는 웃음을 터뜨렸다.

---

* 기계를 사용하지 않고 사람의 힘으로 파낸 터널. 지바현 남부의 보소반도는 낮은 언덕이 많은 지형으로, 평지를 따라 움직이면 먼 거리를 돌아가야 하는 경우가 많아 옛날부터 작은 터널을 뚫어 지름길을 만드는 경우가 많았다. 만들어진 지 100년 가까이 된 것도 있을 정도로 역사가 깊다. 현재는 안내 책자가 발간되는 등 일종의 관광 명소로 자리 잡았다.

그날도 인터넷에서 찾은 정보에 의지해 찾아가기로 했다. 목적지는 지바현 기미쓰시의 미시마 호 옆에 있는 스보리 터널이다. 쇼마가 발견했다.

"아빠, 이거 봐요. 굉장하죠?"

그러면서 구마가이에게 휴대전화 화면을 보여 주었다. 스보리 터널에 대한 설명과 함께 미시마 댐 주위의 사진이 올려져 있었다.

"아름다운 곳이구나."

"응. 지금이 가장 예쁘대요."

달력상으로는 12월로 접어들어 단풍을 보기에는 조금 늦지 않았나 싶었지만, 아직 볼 만한 모양이다. 상록수가 섞여 있어 초록, 빨강, 노랑이 뒤섞인 숲이 호수 표면에 비쳐 보인다고 한다. 댐을 지으면서 생긴 호수인 미시마 호는 경치가 아름다워서 기미쓰시의 '다음 세대에 전하고 싶은 20세기 유산'으로 지정되어 있기도 하다.

"가봐서 좋으면, 다음에는 엄마도 같이 가자."

쇼마는 말했다. 남자의 로망이라고 말하면서도 엄마를 두고 가는 것이 신경 쓰이는 모양이다. 말은 되바라지게 하지만, 마음은 착한 아이였다.

"그래, 그러자."

대답하면서 할부로 구입한 경차에 올랐다. 이때까지
는 두 사람 모두 '다음'이 있을 줄만 알았다.

미시마 호가 가까워지자 도로 위의 자동차 수가 많아
졌다. 날씨 좋은 일요일이라서 놀러 가는 사람이 많은 모
양이다. 이대로라면 틀림없이 차가 밀릴 텐데, 점심 먹을
곳이 마땅치 않을지도 모른다.

"밥을 먹고 갈까?"

"그래요."

특별히 먹고 싶은 것이 있었던 것은 아니라서, 적당
히 눈에 띈 길가의 패밀리 레스토랑에 들어갔다. 시간이
이른 탓인지, 주차장은 비어 있었다. 카레 행사를 하고
있는지 광고 현수막이 보였다. 그것을 보고 쇼마가 중얼
거렸다.

"아빠가 만든 카레가 진짜 맛있는데."

"그러니?"

"응, 수준이 달라요."

여기에서 카레를 먹어본 것도 아니면서, 자신 있게

말했다.

평범한 날들 중 하루였다. 어제도 그제도, 쇼마와 비슷한 대화를 했다. 그러니까 내일도 오늘과 마찬가지로 비슷한 나날이 이어질 거라고 생각했다. 모든 일에는 끝이 있다는 것을 잊고 있었다.

구마가이는 경차의 브레이크를 밟았다. 입구 가까이에 주차를 하고, 쇼마에게 말을 걸었다.

"내리자."

"응."

둘이 함께 안전벨트를 풀고 차 문을 열려던 순간이었다. 차 한 대가 이쪽을 향해 돌진했다.

순식간에 일어난 일인데도 선명하게 기억에 남아 있다. 백발의 노인이 운전하는 차가 구마가이 쪽으로 돌진해 차량 왼쪽 측면을 들이받은 것이다. 지진이라도 난 것처럼 차체가 흔들렸고, 구마가이의 시야가 붉게 물들었다.

"크윽……."

이마를 베인 모양이다. 붉게 물든 것은 상처에서 흘러내린 피 때문일 것이다. 하지만 내가 다친 것은 아무래도 상관없었다.

"쇼마, 괜찮니!?"

대답이 없었다. 조수석에 앉아 있던 쇼마의 모습이 보이지 않는다. 구마가이는 당황했다. 어떻게 해야 할지 알 수가 없었지만, 일단 아들의 얼굴을 보고 싶었다.

"쇼마! 어디 있니?"

소리를 지르며 아이를 찾았다. 좁은 차내여서 금방 발견할 수 있었다. 시트 아래 쓰러져 있었다.

"쇼마!"

목이 찢어져라 소리를 질렀지만, 쇼마는 여전히 대답하지 않았다. 부자연스러운 자세로 쓰러진 채 꼼짝도 하지 않았다. 피는 나오지 않는 것 같았지만, 목이 이상한 방향으로 구부러져 있었다. 마치 망가진 인형 같았다.

"쇼마⋯⋯."

목소리가 기어들어갔다. 한 번 더 소리를 지르려 했지만, 목소리가 나오지 않는다. 눈앞이 캄캄해졌다.

잘 기억나지 않지만, 그대로 기절했던 것 같다. 멀리서 경찰차의 사이렌 소리가 들려왔다.

극단원들이 돌아간 연습장에서 구마가이가 혼잣말처

럼 말을 이었다.

"브레이크와 액셀을 혼동했다고 하더라고."

고토코도 그런 사고에 대해서 들어본 적이 있다. 도
로보다 주차장 같은 곳에서 일어나기 쉬운 사고라고 알
고 있다.

"구급차가 도착했을 때는 이미 늦었어."

"늦었다고요……?"

"그래. 즉사했다고 하더라고. 이미 숨이 멎은 상태였
어."

오빠와 마찬가지다. 고토코의 오빠도 교통사고로 죽
었다. 구급차가 도착하기도 전에, 고토코의 눈앞에서 숨
을 거뒀다. 떠올리는 것만으로도 비명이 튀어나올 것 같
다. 눈물이 쏟아지려 했다.

이제 알겠다. 자신이 멀리 고양이 식당까지 아르바이
트를 하러 가는 이유를. 지금 분명히 깨달았다.

상처를 치유하기 위해서다. 가이에게 끌렸기 때문이
기도 하지만, 오빠를 잃은 상처가 아직 완전히 낫지 않았
다. 고양이 식당에 갈 때마다 조금씩 긍정적인 생각을 하
게 된다. 어쩌면 그러기를 바라면서 바닷가 마을을 오가

고 있는지도 모른다.

"번거롭게 해서 미안하지만, 예약을 잡을 수 있는지 알려줘."

구마가이가 이야기를 마치고 돌아갔다. 고토코는 가이에게 전화를 걸었다.

일요일이 되었다.

구마가이는 고양이 식당으로 향했다. 며칠 전 추억 밥상이 예약되었다고 고토코에게서 연락을 받았다. 기차가 아니라 바이크를 타고 가기로 했다. 그쪽이 익숙하다.

바이크를 타다 보면 고토코의 오빠 유이토가 생각난다. 열 살 넘게 차이가 났지만, 유이토와는 마음이 잘 맞았다. 휴일이면 함께 여기저기를 돌아다녔다. 고양이 식당에 함께 간 적도 있다.

그것도 과거가 되어 버렸다. 살아 있는 한, 이 1초, 1초가 과거가 되어간다. 그리고 지나간 시간은 두번 다시 돌아오지 않는다.

도쿄에서 지바로 향하는 차선은 붐볐다. 일요일이라

가족이 함께 탄 차가 많았다. 디즈니랜드에 가는 걸까? 나이 많은 운전자가 모는 차도 여러 대 보였다. 그 모습에 구마가이는 그날을 떠올렸다.

금고 1년 6개월을 선고한다.

자동차를 몰고 돌진해온 가해자에게 내려진 판결이다. 사고를 낸 사람은 82세의 노인이었다.

특별히 가벼운 판결은 아니다. 판례에서 벗어나지 않는 수준이었다. 음주나 약물 복용 같이 위험운전치사상죄에 해당하지 않는 한 내려지는 형벌은 가볍다. 집행유예로 끝나는 경우도 많다.

"사람을 죽여놓고, 왜 사형 당하지 않는 거야……."

스미레는 몇 번을 그렇게 말했다. 구마가이는 대답하지 않았다. 그럴 기력이 없었던 것이다. 가해자를 원망하는 마음은 물론 있었지만, 그 이상으로 쇼마를 지키지 못한 자기 자신이 미웠다.

주위를 확인한 다음에 안전벨트를 풀게 할 걸 그랬다.

그 식당에 들어가지 말 걸 그랬다.

집에서 게임이나 하고 있을 걸 그랬다.

경차를 사지 말 걸 그랬다.

쇼마 대신 내가 죽었으면 좋았을 걸 그랬다.

후회할 일이 끝이 없다. 아내에게 사죄하려고 했지만, 말이 나오지 않았다. 또 사죄한다 한들 쇼마가 돌아오는 것도 아니다. 아무리 후회해도, 무릎 꿇고 빌어도, 세상에는 되돌릴 수 없는 일이 있다.

거울을 보면 쇼마와 쏙 빼닮은 자신의 얼굴이 있다. 보고 있기만 해도 가슴이 괴로웠다. 스미레도 구마가이의 얼굴을 볼 때마다 눈물을 흘렸다. 수염을 기르기 시작했지만, 부부의 고통은 끝나지 않았다.

아내의 괴로운 얼굴을 보기가 힘들었다. 내가 지켜줘야 한다고, 머리로는 생각했지만 구마가이에게도 그럴 기력이 없었다. 결국 쇼마의 일주기를 맞아 이혼하기로 했다.

이혼 신고서에 도장을 찍었을 때, 새삼 눈물이 났다. 먼저 이혼하자고 말을 꺼냈지만, 구마가이는 스미레를 사랑하고 있었다.

이혼한 뒤 구마가이는 도쿄로 돌아갔다.

극단을 해볼까 생각한 것은 달리 할 일이 없었기 때문이었다. 수염을 기른 채, 그리고 한때 배우였던 것을 숨긴 채 극단을 시작했다.

다행히 단원이 모여서, 가끔 아르바이트를 할 필요가 있었지만 어떻게든 먹고 살 수 있을 정도의 수입을 얻게 되었다. 무대에 서지 않고 극본만 쓰는 이유는 스스로도 알 수 없었다.

그렇게 새로운 생활이 시작되었지만, 쇼마를 잊은 날은 단 하루도 없었다. 한 달에도 몇 번씩 무덤을 찾았다. 아들의 묘는 바닷가 마을에 있다.

쇼마의 묘는 항상 깨끗하게 손질되어 있었다. 스미레가 돌봐주고 있는 것이겠지. 그녀는 지금도 지바현에서 살고 있다.

처음에는 혼자 갔지만, 언제부터인가 유이토와 함께 오게 되었다. 인터넷으로 찾아봤는지 유이토는 구마가이가 텔레비전에 출연했던 것도, 교통사고로 아들을 잃은 것도 알고 있었다.

"다음에 성묘 갈 때 같이 가게 해주세요."

유이토가 말했다. 거절할 이유는 없었다. 쇼마의 명복을 빌어주기를 바라는 마음도 있었고.

쇼마가 잠든 바닷가 마을의 묘지는 한산했다. 방치된 무덤도 많아서, 이끼와 습한 흙 냄새가 난다. 전쟁 피해자의 무덤도 있지만, 참배객을 본 적은 없었다.

시간이 멈춘 것 같은, 정적이 깃든 묘지였다. 그곳에서 후쿠치 나나미를 만났다. 몇 번인가 마주치는 사이에 자연스레 이야기를 나누게 되었다.

"남편이 돌아오게 해 달라고 조상님께 부탁하러 왔어요."

나나미가 자주 묘지를 찾는 이유였다. 그녀의 남편은 바다로 나갔다가 15년이 지난 지금까지도 소식이 없다고 했다.

일정 기간 생사를 알 수 없는 사람은 민법에 따라 실종자로 인정된다. 실종 상태가 이어지면 그 사람은 사망한 것으로 처리된다. 종군, 선박의 침몰 등 특별한 이유가 있었다면 1년, 그 외 통상적인 경우는 7년이 실종 기간으로 정해져 있다. 15년은 양쪽 기간을 모두 훌쩍 넘어선다.

하지만 나나미는 포기하지 않았다. 구마가이와 유이토에게 이렇게 말했다.

"어리석다고 생각할지 모르지만, 나는 돌아올 거라고 믿고 있어요."

심지가 굳을 뿐 아니라, 마음씨도 착한 사람이었다. 당연하다는 듯이 쇼마의 무덤 앞에서도 명복을 빌어주었다.

구마가이와 유이토도 후쿠치 집안의 묘 앞에서 참배를 하며 나나미의 남편이 돌아오기를 기도했다. 그 기도가 이루어질지는 모르지만, 마음은 진심이었다.

얼마나 그렇게 있었을까? 나나미가 말했다.

"걸어서 10분 정도 걸리는 곳에서 작은 식당을 하고 있어요. 괜찮으면 같이 가서 식사라도 하지 않겠어요?"

이렇게 구마가이와 유이토는 고양이 식당을 알게 되었다.

나나미를 따라서 모래 해변 앞에 있는 식당으로 갔다.

하얀 조개껍데기가 깔린 오솔길 끝에 요트 하우스 같은 분위기의 건물이 있었다. 간판은 없었지만, 앞에 놓인 칠판에 식당의 이름과 특이한 안내 사항이 쓰여 있었다.

고양이 식당

추억 밥상을 차려 드립니다.

"추억 밥상?"

구마가이도 유이토도 그것이 무엇인지를 몰라 고개를 갸웃거리자 나나미가 설명해 주었다.

"가게젠을 말해요."

가게젠이라면 알고 있다. 오랫동안 부재중인 사람을 위해서 무사하기를 바라며 차려 두는 식사를 말한다. 장례식이나 절에서 재를 지낼 때 고인을 위해 준비하는 식사를 그렇게 부르기도 한다. 나나미가 말하는 것은 아무래도 후자의 뜻인 것 같았다. 하지만 행사를 치르기 위한 음식을 주문받는다는 의미는 아니었다.

"고양이 식당의 추억 밥상을 먹으면 소중한 사람의 목소리를 들을 수 있어요. 만날 수 있을 때도 있고요."

"소중한 사람?"

"죽은 사람이요. 이 세상에 없는 사람과 만날 수 있어요."

"네?"

유이토가 놀란 얼굴을 했다.

"안 믿어져요?"

"아무래도…… 좀."

"그렇겠죠. 믿을 수 없을 만도 해요. 죽은 사람이 나타난다니."

나나미가 미안하다는 듯이 말했지만, 거짓말을 하는 것처럼 보이지는 않았다. 구마가이는 믿었다. 믿고 싶었다.

쇼마의 얼굴이 머릿속에 떠올랐다. 다만 바로 추억 밥상을 부탁하지 않은 것은 스미레를 생각했기 때문이다.

죽은 사람과 만날 수 있는 것은 단 한 번뿐.

나나미는 그렇게 말했다. 구마가이가 만나 버리면 스미레는 쇼마를 만나지 못하게 된다. 또 반드시 만날 수 있는 것도 아니라고 한다. 기대하게 해놓고 만나지 못하면 스미레가 충격을 견디지 못할 것 같다. 아니, 스미레만이 아니라 구마가이도 견딜 수 있을지 자신이 없었다.

추억 밥상을 부탁하기를 미룬 채 고양이 식당에 몇 번인가 더 찾아갔다. 그후 사고가 일어났고, 유이토가 죽었다. 여동생을 구하려다가 자동차에 치였다.

남겨진 고토코는 괴로워 보였다. 49재가 끝났을 무렵 유이토의 무덤 앞에서 만났는데, 생기를 느낄 수가 없었다. 얼굴빛이 파리해서 식사도, 잠도 제대로 챙기지 않는 것 같았다. 이대로는 몸이 버티지 못할 것이다.

구마가이는 고양이 식당의 추억 밥상에 대해 가르쳐 주었다. 그러자 정말로 기적이 일어났다고 한다. 죽은 유이토가 나타났다는 것이다. 그 후 나나미가 세상을 떠났다는 말을 전해 들었다. 고양이 식당은 외아들인 가이가 이어받았다고 한다.

추억 밥상은 계승되었지만, 시간은 유한하다. 1초마다 많은 것들이 사라져간다. 구마가이 역시 언제까지 살아 있을지 모르는 일이다.

더 이상 고민할 시간이 없다. 구마가이는 헤어진 아내에게 전화를 걸었다. 전화번호는 바뀌지 않았다. 목소리도 함께 살던 시절 그대로였다. 반가운 마음이 들었지만, 쓸데없는 말은 하지 않고 용건을 꺼냈다.

"같이 추억 밥상을 먹으러 가지 않을래?"

"그래, 같게."

스미레는 두말없이 승낙했다. 고양이 식당을 알고 있

었던 것이다. 죽은 사람을 만나게 해준다는 것도 알고 있었다. 쇼마의 성묘를 갔다가 구마가이처럼 나나미 씨를 만나기라도 한 걸까 생각했지만, 그건 아니었다.

"병원에 갔다가 들었어."

"병원?"

"응. 바닷가에 있는 병원에 갔었거든."

그 병원에 대해서는 알고 있다. 현 내에서도 손꼽히는 큰 병원이다. 입원 시설도 잘 갖춰져 있고 실력 좋은 의사가 모여 있다고 소문난 병원이기도 했다. 그 병원에서 태어나, 거기서 죽는 주민도 많다.

구마가이는 걱정이 되어서 전화 저편을 향해 물었다.

"어디 안 좋은 거야?"

"아니야. 괜찮아. 건강에는 이상 없어."

거짓말을 하는 것 같지는 않았다. 감기에 걸려도 병원에는 가니까. 건강진단이나 예방접종을 받으러 갈 때도 있고. 그런 별일 아닌 일일 거라고 생각했다.

구마가이는 아무것도 몰랐다.

어느 날 스미레는 병원에 와 있었다. 좋다고 소문난

병원이라서인지, 대기실이 혼잡했다. 진료를 기다리는 환자가 줄을 서 있었다.

오랜 대기 시간에 지쳐서 진료가 끝난 뒤에 병원 뜰에서 잠시 쉬기로 했다. 바로 옆에 바다가 있어서일까? 벤치에 앉아 있는데 괭이갈매기의 울음소리와 파도 소리가 들려왔다. 벌써 마흔이 되었구나 그런 생각을 문득 하고 있었다.

앉아서 쉬는 사람은 혼자뿐이었지만, 때때로 사람이 지나다녔다. 입원 환자도 드문드문 보였다.

슬슬 돌아갈까 하고 일어나려는데, 눈앞을 지나가던 초등학생 정도의 여자아이가 휘청거렸다.

"괜찮니?"

스미레가 달려가 그 아이의 몸을 받쳐 주었다.

"병원 직원을 불러올 테니까 기다려."

그렇게 말한 것은 그 아이가 환자복에 겉옷을 걸친 차림새였기 때문이다. 그래서 입원 환자라는 것을 알 수 있었다.

"괜찮아요. 항상 이런 걸요."

휘청거렸던 것이 거짓말인 것처럼 또렷한 목소리였

다. 아니면 목소리만 그랬는지도 모른다.

아이를 보자 쇼마 생각이 났다. 특히 이날은 심경이 복잡한 날이었다. 스미레의 눈에서 눈물이 흘렀다. 눈물이 나는 데도, 참는 데도 이미 익숙했지만 그날따라 눈물이 멈추지 않았다.

"무슨 일 있으세요?"

여자아이가 놀란 목소리로 물었다. 누군가가 물어봐주기를 바랐는지도 모른다. 누군가의 앞에서 울고 싶었는지도 모른다. 스미레는 울면서 방금 마주친 여자아이에게 말했다.

"쇼마가 죽었어."

이름도 모르는 여자아이에게 쇼마가, 자신의 아들이 죽었다는 이야기를 털어놓았다. 이때 두 사람은 벤치에 앉아 있었다. 갑자기 아무도 주위를 지나다니지 않았다. 혼잡했던 병원이라고는 생각되지 않을 정도로 조용해졌다. 바다 안개라고 하나? 주위에 흐릿한 안개가 끼기 시작했다.

스미레의 이야기를 들은 뒤, 여자아이는 혼잣말처럼

말했다.

"쇼마는 참 좋겠다⋯⋯."

"뭐라고?"

저도 모르게 반문했다. 소녀의 말이 의외기도 했지만, 진심으로 죽어버린 아들을 부러워하는 것 같았기 때문이다.

"좋겠다니, 뭐가?"

"그래도 학교에도 다닐 수 있었고, 아버지와 드라이브도 할 수 있었잖아요? 죽은 뒤에도 이렇게 울어주는 엄마가 있고."

스미레는 당황해서 말문이 막혔다. 화를 내도 될 만한 상황이었지만, 여자아이의 말에 악의는 느껴지지 않았다.

아무 말 없이 있는데, 여자아이는 아무렇지도 않게 말을 이었다.

"저는 어른이 되지 못한대요. 중학생도 되지 못하고 죽을 거라고 해요."

그 말은 충격적이었다. 아직 이렇게 어린 소녀가, 죽음을 그대로 받아들이고 있다. 자신이 죽는다고 남 일처럼 이야기한다.

　몸이 약해서 초등학교도 가지 못한 아이가 있다.

　놀러도 가지 못하고, 병원을 벗어나지 못하는 아이가 있다.

　이 여자아이도 그중 한 명이었다. 태어나면서부터 심장이 약해서, 집에 머문 시간보다 입원해 있던 시간이 더 길었다. 책가방과 교과서는 가지고 있었지만, 학교에는 하루도 가지 못했다고 한다.

　"죽는 것은 무섭지만, 계속 엄마 아빠를 고생만 시켰으니까……."

　자신이 죽으면 부모님이 편해질 거라고 생각하는 것 같았다.

　"그렇지 않아. 절대로 그럴 리 없으니까, 고생만 시킨다고 생각하지 마."

　듣기 좋은 말이라는 것을 알고 있으면서도, 여자아이의 부모님에 대해 아무것도 모르면서도, 스미레는 그렇게 말했다.

　침묵이 흘렀다. 몇 초인가 입을 다물고 있다가 여자

아이가 말했다.

"아줌마, 고마워요. 좋은 분이시네요."

그러더니 화제를 바꿔서 고양이 식당에 대해서 가르쳐 주었다.

추억 밥상을 먹으면 이 세상을 떠난 사람과 만날 수 있대요.

믿을 수 없는 이야기였지만, 여자아이가 거짓말을 하고 있다고도 생각되지 않았다. 소녀는 스미레가 믿을지 안 믿을지는 신경 쓰지 않는 것 같았다.

"이제 슬슬 돌아가야 해요."

벤치에서 일어나서 천천히 걷기 시작했다. 스미레는 말을 걸지도 못하고, 단지 안개 저편으로 사라져 가는 소녀의 등을 바라보았다. 이 세상에서 일어난 일 같지 않은 기분이었다.

구마가이는 바닷가 마을에 도착했다. 하지만 식당까지는 거리가 있었다.

고양이 식당에 가기 위해서는 해변을 지나가야 하는데, 바이크로는 모래 해변을 달리기가 어렵다. 어떤 곳에서는 금지되어 있을 때도 있고, 가능하다고 해도 굳이 도전하고 싶지 않았다.

또 이 마을을 걸어보고 싶은 마음도 있었다. 쇼마가 잠든 마을을 걷고 싶었던 것이다. 역 앞에 있는 주차장에 바이크를 세웠다. 노상주차는 하지 않는다. 쇼마의 사고를 겪은 이후로 교통 규칙을 지키는 데는 강박적일 정도로 신경을 쓰고 있다.

역에서 버스를 탔다. 승객은 거의 없었다. 10분 정도 지나 고이토가와를 따라 나 있는 길에 도착했다. 요금을 지불하고 버스에서 내렸지만, 주위에는 아무도 없었다. 강이 흘러가는 물소리가 들릴 정도로 조용했다.

강을 따라 난 길을 계속 걸어가자 도쿄만이 보였다. 구마가이는 거기서 더 앞으로 걸어갔다.

괭이갈매기가 노니는 모래 해변을 지나, 하얀 조개껍데기가 깔린 오솔길까지 왔다. 관리를 해서 그런지, 아니면 다른 이유가 있는지 조개껍데기는 몇 년이 지나도 하얀색 그대로다. 눈이 쌓인 것처럼 보이기도 했다.

그 오솔길 끝에는 파란색 벽의 건물이 있다. 전에 왔을 때와 똑같이 칠판이 나와 있었다. 쓰여진 문구는 똑같지만, 가까이에서 보니 글씨체가 바뀌어 있었다.

"그렇지……. 나나미 씨는 이제 안 계시지……."

새삼 쓸쓸한 기분이 들었다. 쇼마만이 아니라 나나미도, 유이토도 이 세상에서 사라져 버렸다. 모두 죽었다.

구마가이는 어깨를 으쓱하고 주인이 바뀐 고양이 식당의 문을 열었다.

"예약한 구마가이입니다."

이름을 대자 대답이 들려왔다. 그러나 대답을 한 것은 사람이 아니었다.

"냐아아."

갈색 얼룩무늬의 작은 고양이다. 식당 입구에 다소곳이 앉아 있다. 전에 왔을 때도 있었던 것 같지만, 뚜렷하게 기억이 나지는 않았다.

구마가이를 맞이한 것은 고양이만이 아니었다. 안경을 쓴 젊은 남자가 바로 옆에 서 있었다.

"어서 오십시오. 기다리고 있었습니다. 고양이 식당의 후쿠치 가이입니다."

남자는 정중하게 말하며 허리 숙여 인사했다. 나나미의 아들이다. 식당 일을 거들고 있는 모습을 본 적은 있지만, 이렇게 인사를 나누는 것은 처음이다.

나나미가 없다는 것에 도무지 익숙해지지 않았다. 그렇게 좋아했던 고양이 식당이, 다른 식당이 되어버린 것 같은 기분이었다.

그 기분을 꾹 누르고 새로운 주인에게 인사를 하려고 했을 때, 먼저 와 있는 손님이 있는 것을 알아챘다.

"빨리 왔네."

스미레가 앉아 있었다. 부드럽게 웨이브진 갈색 머리카락을 높이 올려 묶고, 품이 넉넉한 원피스를 입고 있다. 아주 조금 살이 찐 것처럼도 보였다.

"당신이야말로."

그렇게 대답하면서 식당 안을 둘러봤지만, 고토코는 보이지 않았다. 구마가이와 마주치지 않도록 휴가를 얻었거나, 늦게 올 생각일지도 모른다.

"이쪽으로 앉으십시오."

고양이 식당의 후계자가 스미레의 옆자리로 안내해 주었다. 구마가이가 앉기를 기다려, 바로 설명을 시작했다.

"반드시 고인과 만날 수 있는 것은 아닙니다."

온화하지만 다짐을 해 두는 듯한 말투였다. 추억 밥상을 내기 전에 확인해 두어야 한다고 생각한 모양이다. 성실한 성격인 것 같다. 또 두 사람이 동시에 죽은 사람을 만난 사례는 없다는 말도 들었다.

"잘 알고 있습니다."

구마가이는 뚜렷하게 대답했다. 이 세상에 '절대'란 없다. 하물며 죽은 사람과 만나려 하고 있는 것이니까.

"만나지 못해도 항의하지 않겠습니다."

"잘 부탁드립니다."

스미레도 머리를 숙였다. 아마 기분은 똑같을 것이다. 어떤 결말을 보게 되든지, 받아들일 각오가 되어 있었다.

"그러면 요리를 가져오겠습니다. 잠시 기다려 주십시오."

가이가 주방으로 사라졌다. 고토코가 없기 때문에 혼자 모든 일을 하는 모양이다.

"냐아."

꼬마가 대답하듯이 울더니, 오래된 괘종시계 옆에 놓인 안락의자로 뛰어 올라갔다. 그리고 하품을 하더니 몸을 둥글게 말고 잠든 숨소리를 내기 시작했다.

구마가이와 스미레 둘만이 남았다. 서로 할 말이 없어서 입을 다문 채 주위의 소리를 듣고 있었다.

파도 소리에 섞여 괭이갈매기의 울음소리가 들려온다.

할 일이 아무것도 없었지만, 지루하지는 않았다. 아무 생각도 하지 않고, 단지 조용히 앉아 있었다.

오래 기다리지 않아 가이가 냄비와 버너를 들고 돌아왔다.

"테이블에서 만들어 드리겠습니다."

조리도구를 테이블 위에 놓고, 다시 주방으로 갔다. 그리고 해산물, 고기, 채소가 담긴 접시를 들고 왔다. 새우, 대합, 닭다리살, 삼겹살, 배추, 쑥갓, 표고버섯, 당근이 담겨 있었다.

"요세나베*네."

옛날 생각이 나는지 스미레가 그리워하는 말투로 말했다. 흔하게 해 먹는 요리다. 요리하고 남은 식재료를

---

* '요세'는 모은다는 뜻이고 '나베'는 냄비를 뜻한다. 다양한 건더기를 넣고 육수를 부어 끓여 먹는 전골 요리로 지역에 따라 다양한 식재료를 자유롭게 사용한다.

모두 모아서 끓여 먹는 것이 기원이기 때문에 정해진 재료는 없다고 한다. 만드는 방법도 어렵지 않다. 가쓰오부시와 다시마를 우린 육수를 질냄비에 붓고, 끓기를 기다려 재료를 넣기만 하면 된다. 계절과 상관없이 스미레는 요세나베를 자주 만들곤 했다.

"실례하겠습니다."

가이가 버너에 불을 붙이고, 요세나베를 만들기 시작했다. 육수는 이미 만들어 놓았으니까 재료를 넣기만 하면 된다. 요세나베는 순식간에 완성되었다. 보글보글 소리를 내면서 맛있는 냄새와 함께 김이 피어올랐다.

냄비를 보면서 스미레가 가이에게 물었다.

"제가 직접 덜어 먹어도 될까요?"

"물론입니다. 편하게 드십시오."

가이가 대답하고 주방으로 물러났다. 참견하지 않는 성격인 모양이다. 이것저것 챙겨주기를 좋아했던 나나미와는 다르다. 버너의 불도 끄지 않았다.

"먹어볼까?"

스미레가 닭고기와 배추, 쑥갓을 떠주었다.

"자, 여기."

"고마워."

모두 다 구마가이가 좋아하는 것들이다. 기억해 주었
던 것이다. 가족 셋이서 살았던 무렵처럼 손을 모아 식사
인사를 했다.

"잘 먹겠습니다."

가장 먼저 닭고기를 먹었다. 베어 무는데 탄력이 느
껴졌다. 하지만 질기지는 않다. 씹었더니 촉촉한 육즙이
흘러나왔다. 해산물과 돼지고기까지 들어 있어서인지
맛에 깊이가 있었다. 산뜻하지만 다양한 풍미를 즐길 수
있었다.

"맛있다."

저도 모르게 중얼거리자 스미레가 고개를 끄덕였다.

"맞아. 정말 맛있네. 몸이 따뜻해져."

맞은편 자리를 보자 쇼마의 몫도 담겨 있었다. 닭고
기와 돼지고기, 그리고 채소. 옛 생각이 나서 구마가이는
쓴웃음을 지었다.

쇼마는 채소를 싫어해서 요세나베를 만들어도 고기
만 건져 먹곤 했다.

"채소를 먹어야지."

야단을 치는 일은 항상 아내의 역할이었다. 구마가이는 중재하는 역할을 맡았다.

"어른이 되면 다 알아서 먹을 거야. 나도 쇼마 나이였을 때는 고기만 먹었는걸."

"어리광 받아주지 마. 골고루 먹어야 건강하지."

그런 대화를 몇 번이나 주고받았다. 스미레도 말은 그렇게 엄하게 했지만, 쇼마가 정말 아프기라도 할 거라고는 생각하지 않았을 것이다. 20대 부부에게는 병도 죽음도 그저 멀기만 했다. 설마 초등학생인 아이가 자신들보다 먼저 죽을 거라고는 생각도 하지 않았다.

인생은 잔혹하다.

쇼마의 죽은 얼굴이 머릿속에 떠올랐다. 10년도 채 살지 못하고, 죽은 아들이.

갑자기 젓가락이 무거워졌다. 들고 있는 것조차 힘들어서, 가만히 젓가락을 내려놓았다. 옆을 보자 스미레도 젓가락을 내려놓고 있었다. 구마가이와 같은 생각을 하는 바람에 식욕을 잃었을 것이다.

냄비에는 재료가 반 넘게 남아 있다. 버너의 불을 계속 켜 두었던 탓에 재료가 뭉크러져가고 있었다. 김은 피어오르지만 쇼마는 나타나지 않았다. 구마가이와 스미레에게는 기적이 일어나지 않았다.

"반드시 고인과 만날 수 있는 것은 아닙니다."

다짐을 받더니 그렇게 된 모양이다. 세상 일은 마음대로 되지 않는다. 헤어진 부부의 희망은 실망으로 바뀌었다.

버너의 불이라도 끄려고 손을 뻗는데, 가이가 주방에서 나왔다. 침착한 얼굴 그대로, 테이블로 다가왔다.

요세나베의 건더기가 너무 익어 뭉크러져 있어서, 보기에는 좋지 않았다. 냄비를 정리하러 온 줄 알았지만, 가이는 버너의 불을 끄지 않았다. 오히려 흐물흐물하게 뭉크러진 채소를 보고 생각지도 못한 대사를 말했다.

"딱 좋게 익었네요."

"딱 좋게?"

앵무새처럼 따라 말하자 가이가 고개를 끄덕였다.

"네. 이렇게 흐물거릴 정도로 익어야 채소를 싫어하는 사람도 먹기 편하니까요."

그 말을 들은 순간, 머릿속이 하얘졌다. 그리고 스미레가 말을 꺼냈다.

"설마······?"

구마가이도 간신히 이 요리의 정체를 깨달았다. 요세나베는 추억 밥상이 아니었다. 하나 더, 기억에 남아 있는 메뉴가 있다.

예약을 부탁할 때 고토코에게 이야기를 해놓고도 다익은 요세나베를 본 순간 깨달았어야 했는데 어째서인지 잊고 있었다. 가이는 일부러 버너의 불을 끄지 않은 것이었다. 처음부터 이 요리를 만들 생각이었던 것이다.

"잠시 실례하겠습니다."

고양이 식당의 주인은 냄비에 좋은 냄새가 나는 가루를 넣었다. 무엇을 만들려고 하는지 냄새만으로도 누구나 알았을 것이다.

가루와 남은 건더기가 잘 섞이도록 휘저으면서 구마가이와 스미레에게 말했다.

"나베의 마무리 카레입니다."

대부분의 아이들이 그렇듯이, 쇼마도 카레를 좋아했다. 평소에 싫어하는 채소도 카레에 들어가 있으면 먹었다. 덕분에 여러 가지 카레가 구마가이 집안의 식탁에 올랐다.

닭고기 카레, 돼지고기 카레.

갓 튀긴 돈가스 또는 새우튀김을 올린 카레.

여름 채소를 넣은 카레.

버섯이 듬뿍 들어간 가을 풍미의 카레.

소고기와 가지가 들어간 카레.

지바현의 명물인 비파를 넣은 카레.

그리고 바로 이것. 나베를 마무리하는 카레.

텔레비전에서 소개하는 것을 보고 구마가이가 만들어 보았던 카레다. 만드는 방법은 어렵지 않다. 먹고 남은 나베에 카레가루를 넣어서 끓이기만 하면 완성이다. 당근이나 양파는 물론, 우엉이나 파, 쑥갓 등 카레에 잘 넣지 않는 재료까지 맛있게 먹을 수 있다.

시판 카레가루를 사용해도 맛있지만, 구마가이는 향신료를 직접 조합해서 만들곤 했다. 카레에 들어가는 향신료는 마트에서도 팔고, 인터넷을 보면 여러 가지 배합으로 만들어 팔고 있다. 가이도 직접 조합한 모양이다.

"매운 정도는 약하게 해서, 일본풍으로 만들었습니다."

그렇게 말하며 마무리로 간장을 넣었다. 담아내는 그
릇도 접시가 아니라 움푹한 덮밥 그릇이다. 메밀국수집
의 카레덮밥과 비슷하다. 숟가락이 아니라 젓가락으로
먹는 카레. 구마가이가 만든 것과 똑같다. 잃어버린 가족
의 식탁이 고양이 식당에 있었다. 3인분, 세 개의 그릇이
테이블에 놓였다.

"맛있게 드십시오."

가이의 말에 구마가이와 스미레는 다시 젓가락을 들
었다.

"잘 먹겠습니다."

다시 손을 모으고, 김이 올라오는 그릇을 들었다. 냄
새도 그릇도 뜨거웠다. 사라져버린 식욕이 돌아오는 것
을 느꼈다.

스미레와 쇼마가 함께 살던 무렵에는 아무리 먹어도
배가 고팠다. 아침부터 밤까지 일을 했던 탓일까? 채소
를 싫어하는 쇼마의 편식을 고치기 위해서기도 했지만,
무엇보다 자신의 배를 채우기 위해서 이 마무리 카레를
만들곤 했다.

하지만 아무리 배가 고파도 나베를 먹은 뒤이기 때문

에 카레는 남기 마련이다. 쇼마는 그것을 냉장고에 넣었다가 다음날 먹곤 했다.

"어제의 카레가 제일 맛있어. 최고!"

쇼마의 말이 떠올랐다. 모든 것이 다 그리웠다. 옛 생각을 떠올리게 하는 카레와 밥을 젓가락으로 떠서, 조심스레 입으로 가져갔다.

"맛있다."

향신료의 향은 느껴지지만, 가이의 말처럼 맵지 않다. 흐물흐물하게 풀어진 채소와 카레가 섞여서 하나가 되어 있었다. 채소의 단맛과 간장이 잘 어울린다. 기억 속 마무리 카레의 맛 그대로였다.

어떻게 이렇게까지 맛이 비슷할까? 그릇을 봐도, 직접 만들었던 것과 똑같아 보였다.

그것을 가이에게 물어보려고 얼굴을 들었다. 그리고 구마가이는 깜짝 놀랐다. 안개가 식당 안에 자욱하게 끼어 있었던 것이다.

창밖이 보이지 않을 정도로 짙은 안개였다.

아까까지만 해도 안개는 없었는데. 그것보다 우선 여

기는 실내다. 이 상황은 누가 어떻게 생각해도 이상하다.

"이건 대체……."

말하려고 한 질문은 허공에서 흐지부지 사라졌다. 목소리가 이상하다. 먹먹하게 울려서 들렸다.

문득 주위를 둘러보자, 스미레도 가이도 없다. 어디로 가 버린 것일까? 어떤 기척도 없었다. 연기처럼 사라져 버렸다.

"아무도 없나요?"

울리는 목소리로 묻는데 대답이 들려왔다.

"냐아아."

갈색 얼룩무늬 고양이다. 울음소리는 먹먹했지만, 분명히 안락의자 위에서 들려왔다. 고양이만은 사라지지 않았다.

"냐앙."

꼬마가 구마가이의 얼굴을 보고 한 번 더 울고는 안락의자에서 뛰어 내려갔다. 그리고 식당 출입구를 향해 걸어갔다. 식당 밖으로 나가고 싶은지도 모른다.

"그래…… 밖으로 나가볼까?"

밖으로 나가면 이 이상한 현상의 정체를 알 수 있을

지도 모른다. 구마가이는 일어서서 꼬마보다 앞서서 출입구로 향했다.

꼬마를 밖으로 내보내면 안 될 거라는 생각이 들어 문을 열기 전에 발밑을 살폈다. 길을 잃기라도 하면 주인에게 미안하고, 꼬마도 불쌍하다.

하지만 꼬마를 발견할 수가 없었다. 출입구로 이동하는 잠시 사이에 안개가 더욱 짙어져 발밑조차 보이지 않게 되었기 때문이다.

아무리 그래도 이건 이상하다.

세계가 끝나려는지도 모르겠다는 생각마저 들었다. 무서운 일이 일어나고 있다는 예감이 들었지만, 끌려가듯이 다가가 문을 열었다.

그 순간, 숨이 멈출 뻔했다. 상상도 하지 못한 경치가 펼쳐져 있었던 것이다.

"말도 안 돼."

거기에 있는 것은 미시마 호 근처의 스보리 터널이었다.

꿈을 꾸고 있는 것일까?

머리가 이상해진 걸까?

아니면 정말로 세계의 종말이 찾아오려나?

바다가 사라졌다. 안개 때문에 보이지 않는 것인지도 모르지만, 파도 소리가 들리지 않고 바람에서도 바다 냄새가 나지 않는다. 안개 속에서 스보리 터널 주변만이 떠올라 보였다.

말도 안 되는 상황이 닥친 탓에 그저 멍하니 서 있었다. 그런 구마가이의 귀에 고양이의 울음소리가 들렸다.

"냐아."

꼬마가 아니다. 울음소리가 다르고, 식당에서가 아니라 스보리 터널 속에서 들려왔다.

계속 연극을 해온 탓인지, 소리에는 민감하다. 구마가이는 이 울음소리를 내는 고양이를 기억하고 있다.

"고타로?"

"냐아."

삼색고양이가 스보리 터널에서 얼굴을 내밀었다. 역시 고타로다. 아파트 근처의 공원에서 자주 마주쳤던 고양이인데, 쇼마가 이름을 붙여주었다. 수컷인지 암컷인지는 몰랐지만, '고타로'라고 부르면 대답을 했다.

"어째서 여기 있는 거야?"

구마가이가 묻자 삼색고양이 고타로는 뒤를 돌아보

고는 누군가를 부르듯이 "냐야" 하고 울었다. 그러자 발소리가 다가왔다.

어른의 것 같지 않은 가벼운 발소리. 아마 어린아이, 그것도 초등학생 정도의 것이다.

"초등학생?"

소리 내어 중얼거리고는 퍼뜩 놀랐다.

이제야 추억 밥상을 먹었다는 것을 떠올린 것이다.

"설마……."

흘러나온 목소리가 채 끊기기 전에 어린아이가 스보리 터널 속에서 모습을 드러냈다.

"아빠, 오랜만이야."

죽은 아들 쇼마였다.

쇼마와 함께 스보리 터널을 탐험할 것이다. 아무도 가르쳐주지 않았지만 이제부터 그럴 거라는 것을 알았다. 눈앞에는 미시마 호 근처의 스보리 터널이 있고, 쇼마는 신이 나 있었다.

"아빠, 빨리 가자."

구마가이도 쇼마와 놀고 싶었다. 하지만 신경 쓰이

는 것이 있다. 놀러 가기 전에 먼저 물어보지 않으면 안 된다.

"엄마는 여기 없어?"

스미레의 모습은 어디에도 보이지 않았다.

"응. 스보리 터널은 남자의 로망이라서, 엄마는 이해를 못한다니까."

살아 있었을 때와 똑같은 말이다. 스보리 터널에 흥미가 없다고 해도, 쇼마와는 만나고 싶을 텐데. 남자의 로망이라는 말로 치부해 버려도 되는 문제가 아니다.

"쇼마야, 있잖아……."

설득하려 했지만, 쇼마는 들을 생각이 없었다.

"엄마는 괜찮아. 나, 먼저 갈게."

발길을 돌려, 스보리 터널로 들어갔다.

"애, 쇼마야."

불러도 대답이 없다. 정말 먼저 가 버린 모양이다.

어느새 고타로도 사라졌다. 문득 유이토와 나나미의 얼굴이 떠올랐다. 모두가 없어졌다. 우물쭈물하다가는 쇼마도 어디론가 가 버릴지도 모른다. 사람이란 놀랍도록 쉽게 사라져 버리는 존재다. 스미레가 신경 쓰였지만,

쇼마를 눈앞에서 놓치고 싶지 않았다.

"기다려!"

구마가이는 아들을 따라서 스보리 터널로 향했다.

고양이 식당에서 똑바로 길이 뻗어 있다.

길가에는 잡초가 자라고, 낙엽이 흩어져 있다. 스보리 터널로 향하는 길 외에는 진한 안개로 가려져 잘 보이지 않지만, 입구 옆에 경고판이 있었다.

이 앞은 막다른 길입니다.

통과할 수 없습니다.

보기에는 영락없는 폐터널이다. 스보리 터널이라는 것을 모르면 아무도 안에 들어가려고 하지 않을 것이다.

구마가이는 스보리 터널로 들어섰다. 어두운 탓에 출구는 보이지 않았지만 어디론가 이어져 있는 것은 확실한 듯, 미묘하게 바람이 느껴졌다. 단지 바다 냄새가 아니라 나무 냄새가 났다. 또 바닷물이 아닌 민물 냄새가 난다. 꿈이나 환상이라고는 생각되지 않았다.

총총걸음으로 달려가자 쇼마의 뒷모습이 보였다. 스보리 터널에 열중해 있는 듯, 벽과 천장에 정신이 팔린 채 깡충깡충 뛰어다니고 있다.

"발밑 조심해. 넘어지면 다친다."

그렇게 말을 걸자 쇼마가 웃으면서 대답했다.

"안 다쳐. 난 이미 죽었는걸."

슬픈 말이었다. 눈물이 흐를 뻔했지만 입술을 깨물고 참았다. 울면 안 된다. 아버지가 아들에게 눈물을 보여서는 안 된다.

"……그렇구나."

간신히 대답하자 쇼마가 구마가이를 불렀다.

"아빠, 빨리 와."

"어어, 금방 갈게."

구마가이는 발걸음을 더 빨리해서 어두운 터널을 달렸다. 그러자 쇼마의 목소리가 들렸다.

"아빠, 발밑 조심해. 넘어지면 다치니까."

어둠이 끝없이 이어질 것 같던 터널이지만, 도중에 L자로 구부러진 장소가 있어서, 조명이 켜져 있었다. 어스름한 불빛이 어둠을 조금 밀어내고 있다. 따뜻한 빛에 이

끌리듯이 구마가이는 쇼마를 따라잡았다.

"아빠 숨 차는 거 봐. 운동 부족이야."

"그러게 말이다."

대답하면서 아들과 나란히 걸었다. 쇼마는 키가 작아
서, 구마가이의 가슴에도 닿지 않았다.

구마가이도 스미레도 키가 크니까, 언젠가 훌쩍 커질
거라고 생각했다. 아들이 자신을 내려다보는 날이 올 줄
알았다. 하지만 그날은 오지 않았다. 쇼마의 시간은 멈춰
버렸다. 영원히 초등학생 그대로다.

갑자기 쇼마가 사과했다.

"아빠, 미안해."

"미안하다니, 뭐가?"

되묻자 다시 사과했다.

"먼저 죽어서, 미안해요."

작은 몸을 움츠리며 쇼마가 머리를 숙였다. 밝게 행
동하고 있었지만, 계속 자신을 책망하고 있었는지도 모
른다.

"네 탓이 아니야."

그렇게 말하는 것이 고작이었다. 모처럼 삼켰던 눈물

이 다시 터지려 했다.

"아빠, 미안해."

미안하다는 말을 반복하는 아이의 모습이 너무 슬퍼 보여 눈앞이 흐려졌다. 쇼마에게 눈물을 보이고 싶지 않은 마음에 슬픔을 참으려고 눈을 꼭 감았다. 다시 암흑에 휩싸였다. 눈을 감았을 뿐이라고는 생각되지 않는 깊은 어둠이었다.

그리고 구마가이는 또 하나의 기적을 체험하게 됐다.

꿈속에서 꿈을 꾸는 경우가 있다. 지금도 그런 상태인지도 모른다. 눈물을 흘리지 않으려고 눈을 감고 있는 구마가이의 귀에, 여자 목소리가 들려왔다.

"쇼마는 정말 착하구나."

먹먹하게 울려서 들렸지만, 누구의 목소리인지는 알 수 있었다. 스미레의 목소리다. 아들의 이름을 부르는 목소리는 상냥하기 그지없었다.

구마가이는 눈을 감은 채 소리를 들었다. 눈을 뜨면 스미레의 목소리가 들려오지 않을 것 같았기 때문이다.

"당신을 쏙 빼닮았어."

전에도 이런 목소리를 들은 적이 있다. 스미레의 임신

을 알았을 때다. 버림 받을 줄 알았다고 스미레는 말했다.

"나랑 헤어지고 소속사 사장에게 빌어서 방송에 나갈 수 있게 해 달라고 할 수도 있었을 텐데."

과연 용서해 주었을지는 모르지만, 분명히 방송에 복귀할 수 있는 마지막 기회였을지도 모른다.

"나를 그냥 놓아 버리지 그랬어. 그러면 배우로 살 수 있었을 거잖아."

구마가이가 연기를 그만두었을 때, 스미레는 같이 울어 주었다. 자신도 똑같이 은퇴를 강요 당했는데도 구마가이의 일에만 신경을 쓰면서 미안하다고 사과를 했다.

몇 초인가 짧은 침묵이 흐르고, 스미레의 목소리가 들려왔다.

"나랑 결혼한 거 후회하고 있지?"

"그럴 리가."

생각하기보다 먼저, 말이 튀어나왔다. 솔직한 마음이었다. 방송에 나가지 못해도 연극은 계속할 수 있지만, 스미레와 결혼하지 않으면 그 삶은 없었다. 쇼마가 태어나지도 않았다.

스미레의 남편이 되어서, 쇼마의 아빠가 되어서 행복

했다. 두 사람과 만나기 위해서 살아왔다고까지 생각했고, 지금도 그 마음은 변함없다. 나이 들어 죽어갈 때까지 그렇게 생각할 것이다. 그것 역시 행복한 일이라고 생각한다.

"당신은 후회해?"

계속 묻고 싶었던 질문을 던졌다. 구마가이를 만나지 않았다면 스미레는 계속 배우를 하고 있었을 것이다. 수수해서 눈에 띄지는 않았지만, 그녀에게는 부정할 수 없는 연기력과 존재감이 있었다. 명품조연 타입이라고나 할까. 나이를 먹어갈수록 커리어를 인정 받는 타입의 배우였다고 생각한다.

"사실은 후회하고 있지?"

다시 묻자, 구마가이와 같은 대답이 돌아왔다.

"그럴 리가."

장난스럽지는 않았다. 진지한 목소리로, 분명하게 말했다.

"당신과 쇼마와 살 수 있어서 행복했어. 굉장히 즐거웠어."

옛날을 그리워하는 말투였다. 그것 자체는 이상하지

않지만, 너무 후련하게 느껴진다. 인생의 일단락을 지은 사람의 말처럼 들렸다. 이별의 말 같기도 했다.

"스미레."

불안해져서 말을 걸었지만, 대답은 없었다. 몇 번을 말을 걸어도 마찬가지였다. 스미레의 목소리는 더 이상 들리지 않았다. 텔레비전을 꺼버린 것처럼 조용해졌다.

눈을 뜨자 쇼마의 얼굴이 있었다.

"아빠, 이제 다시 가자."

"그래, 그래."

구마가이는 고개를 끄덕였다. 스미레에 대해서는 말하지 않고, 다시 아들과 스보리 터널을 걷기 시작했다.

미시마 호 근처의 스보리 터널은 두 개가 연속으로 이어진다. 첫 번째 터널을 빠져나오자 오른쪽에 미시마 호가 보였다.

바로 옆에 두 번째 터널이 있어서, 출구에서 햇살이 쏟아져 들어온다. 이 두 번째의 터널을 빠져나오면 단풍이 눈앞에 펼쳐진다고 했다. 이 세상의 풍경 같지 않을 정도로 아름답다고 소문난 경치다.

"이건 꼭 봐야지."

사고를 당하기 전에, 쇼마는 그렇게 말했다. 스보리 터널 끝에서 보일 단풍을 기대하고 있었다.

하지만 지금 쇼마는 입구 앞에서 발을 멈췄다. 두 번째 터널에 들어가려고 하지 않은 채 구마가이에게 말했다.

"여기까지야."

"여기까지라고?"

"응. 이제 곧 추억 밥상이 식어버리니까."

말뜻은 금방 이해했다. 알고 싶지 않았지만, 어째서인지 알고 있었다. 저세상으로 돌아갈 시간이라고 말하고 있는 것이다.

죽은 자는 이 세상에 있을 수 없다. 기적의 시간이 영원히 이어지지 않는다는 것을 구마가이는 알고 있었다. 나나미로부터도, 고토코로부터도 들었다.

쇼마와 헤어지고 싶지 않았지만, 납득할 수밖에 없는 일이다. 하지만 꼭 해야 하는 말이 있었다.

"엄마는 만나지 않고 갈 거니?"

스미레와 만나게 해주고 싶었다. 아이를 잃은 슬픔은 아버지나 어머니나 똑같다. 남자의 로망이라는 말로 따돌릴 수는 없다.

만나주렴. 그렇게 말하려고 했을 때, 쇼마가 대답했다.

"엄마는 괜찮아."

"괜찮다니, 너."

"아까 만나고 왔어."

구마가이는 입을 다물고, 그리고 다시 말했다.

"……그랬구나."

간신히 이해가 되었다. 스보리 터널 안에서 들렸던, 스미레의 목소리는 잘못 들은 것이 아니었다. 모습은 보이지 않았지만, 그녀도 이쪽 세계에 와 있었다.

"엄마랑도 제대로 이야기하고 왔으니까, 괜찮아. 엄마에 대해서는 걱정 안 해도 돼."

구마가이를 안심시키려는 듯이 말했다. 쇼마가 그렇게 말한다면, 스미레는 괜찮을 것이다.

"알겠다."

그렇게 대답하자 쇼마가 말을 꺼냈다.

"나, 있잖아. 아빠에게 부탁이 있어."

응석을 부리는 말투였다. 구마가이의 대답은 정해져 있다. 죽은 아이의 부탁을 들어주지 않을 부모는 없다.

"그래, 뭐든지 말해보렴."

"나는 빨리 죽었으니까, 이 세상에 대해서 잘 모르거든. 그러니까 이 세상 이야기를 많이 듣고 싶어. 아빠가 할아버지가 돼서 쭈글쭈글해진 이야기라든가."

"쭈글쭈글해진다고?"

"응. 앞으로 훨씬 더 뒤의 일이지만, 아빠와는 다시 만날 수 있을 거라고 생각하거든. 그때 많은 이야기를 들려줬으면 좋겠어."

안 그래도 젖어 있던 눈에서 눈물방울이 뚝뚝 떨어졌다. 울지 않고는 버틸 수가 없었다. 쇼마가 아빠에게 오래 살라고 말하고 있는 것이다.

"쭈글쭈글해질 때까지 사는 거, 굉장히 멋있을 것 같아."

"그렇게까지 오래 살 수 있을지는 모르겠는데."

오열 섞인 목소리로 말하자 아이는 자신감 넘치는 목소리로 단언했다.

"괜찮아. 오래 살 수 있어. 왜냐면 우리 아빠는 세상에서 제일 멋있으니까."

그 목소리는 힘이 넘쳤다. 살아 있는 아이와 마찬가

지로 활기가 가득했다.

하지만 피할 수 없는 마지막 순간이 다가왔다. 쇼마의 몸이 사라지기 시작했다. 연기가 공중으로 흩어지듯이 흐려져 간다. 구마가이가 말을 거는 것보다 먼저, 아이가 말을 이었다.

"나, 10년도 살지 못하고 너무 빨리 죽어 버렸지만, 아빠와 엄마의 아이로 살아서 좋았어. 굉장히 재밌었어."

"아빠도……. 아빠도 그랬어."

아빠도 즐거웠다고 말하려 했지만, 소리가 되어 나오지 않았다. 아무리 참으려 해도 오열이 목구멍을 비집고 올라왔다. 그저 슬플 따름이었다. 가슴이 찢어질 듯이 괴로웠다.

그래도 웃었다.

눈물이 멈추지 않아도, 웃는 표정을 지었다.

아이에게 웃는 얼굴을 보이는 것이 부모의 의무니까. 괴롭고 아프고 힘들어도, 웃어 보이는 것이 부모의 도리니까.

"그럼 갈게. 아빠."

"그래. 또 보자."

제대로 인사를 할 수 있었다. 울음을 터뜨리지 않으려고 주먹을 꽉 쥐었다. 손톱이 손바닥에 파고들 정도로 힘을 주었다.

"응. 또 봐."

쇼마의 모습이 보이지 않게 되었다. 작은 발소리가 멀어져간다. 이윽고 발소리도 들리지 않게 되었다.

구마가이는 혼자 남았다. 더 이상 주먹을 쥐고 있을 수가 없어서, 손을 펴서 얼굴을 덮었다. 손가락 사이로 오열과 눈물이 새어 나왔다.

두 번째 스보리 터널 앞에서 얼마나 울었을까.

다시 정신을 차리자 고양이 식당의 창가 자리에 앉아 있었다. 창밖에는 파란 바다와 하늘이 펼쳐지고, 괭이갈매기가 모래 해변을 노닐고 있다. 스보리 터널도, 안개도 사라졌다.

"차를 가져왔습니다."

가이의 목소리가 들렸다. 더 이상 소리가 울리지 않는다. 모습도 제대로 보인다. 옆자리에는 스미레가 앉아 있었다.

테이블에는 카레 덮밥이 놓여 있었지만, 이미 차갑게 식어서 김이 나오지 않는다. 맞은편 자리에 있던 추억 밥상은 전혀 줄어 있지 않았다.

하지만 모든 것이 그대로이기만 한 건 아니다. 스미레의 눈이 빨갛게 충혈되어 있었다. 기적이 남긴 흔적이다. 그녀가 무슨 일을 겪었는지는 묻지 않아도 알 수 있었다. 내 아이와 두 번째 이별을 하고 온 것이다. 슬픈 것이 당연하다. 우는 것이 당연하다. 구마가이도 울어서 부은 얼굴을 하고 있을 것이다.

"자, 드세요."

가이가 차를 내왔다. 구마가이에게는 녹차, 스미레에게는 보리차다. 차로 목을 축이면서 구마가이는 헤어진 아내에게 말을 걸었다.

"쇼마를 만나고 왔어."

"나도……."

스미레는 고개를 끄덕이고는 아무 말이 없었다. 구마가이도 이야기할 기분은 아니었다. 쇼마와 보낸 기적의 시간을 곱씹고 있었다.

침묵이 흘렀다.

괘종시계를 보자 오전이 끝나가려 했다. 고양이 식당
은 아침 식사만 하는 식당이다. 문 닫을 시간이 다가왔다.

이제 슬슬 돌아갈까.

스미레에게 그렇게 말하려 했을 때였다. 그녀가 입을
열고, 고백하듯이 말을 꺼냈다.

"나, 결혼하게 됐어."

그 말을 곱씹어 보고, 중얼거리듯이 말했다.

"그렇구나."

예상하고 있던 것은 아니지만, 놀라지 않은 것은 쇼
마의 말이 귓가에 남아 있었기 때문인지도 모른다.

엄마는 괜찮으니까.

엄마가 재혼한다는 것을 알고 있었던 것이다. 그리고
녹차가 아니라 보리차를 마시고 있는 이유도 짐작할 수
있었다.

"알고 있었나 보네."

스미레는 말했다. 배 근처에 손을 올려두고 있다. 쇼
마를 가졌을 때도 지금과 비슷한 행동을 했다. 아기가 생긴 것이다.

구마가이와는 피가 이어져 있지 않지만, 쇼마의 동생인 것은 틀림없다. 그것을 알려주고 싶어서 스미레는 고양이 식당에 왔는지도 모른다.

쇼마가 어떤 반응을 했을지도 예상이 되었다. 분명 기뻐했을 것이다. 그 증거로, 스보리 터널에서 스미레의 목소리는 이렇게 말했다.

"쇼마는 정말 착한 아이구나."

다시 눈시울이 뜨거워졌다. 이 식당에 오고부터는 계속 울기만 하고 있다. 이래서는 쇼마가 웃을 것이다. 적어도 마지막으로 전남편다운 말을 건네야지, 하고 구마가이는 스미레에게 말했다.

"나는 당신을 행복하게 해주지 못했지만, 이번에야말로 꼭 행복해져."

헤어진 아내의 대답은 쌀쌀맞았다.

"쓸데없는 참견이야."

하지만 목소리에 가시는 없다. 쓸데없는 참견이라고 말하면서, 이렇게 말을 이었다.

"당신과 살았을 때도 행복했는걸."

"그랬구나."

아까와 같은 말을 반복했다. 나도 행복했어. 그렇게 말하지 않은 것은 새 남편이 될 사람을 배려해서였다. 아니, 질투인지도 모른다. 어느 쪽이든 마지막 하나 남은 남자의 오기다.

그렇게 생각했을 때, 쇼마의 목소리가 다시 들려왔다.

"아니야, 아빠. 남자의 로망이라고."

쇼마는 다시 저세상으로 가 버렸으니까, 잘못 들은 것이 틀림없다. 내 멋대로 상상한 헛소리일 뿐이다. 생각해보면 죽은 사람과 만난다는 것 자체가, 살아 있는 사람의 입장에서나 좋은 이야기다. 구마가이는 쓴웃음을 지었다.

스미레가 괘종시계를 보고는 일어섰다.

"이제 가봐야 할 시간이라서, 먼저 일어날게."

기다리는 사람이 있는 것이다. 스미레가 새로운 가정을 만들려 한다는 사실에 이제 와서 새삼 가슴이 아팠다.

그녀를 정말 좋아했다. 마음속 깊이 사랑했다. 하지만

이제 만날 일은 없을 것이다. 구마가이는 작별의 말을 입에 올렸다.

"건강히 잘 지내."

"당신도."

스미레가 고양이 식당을 나섰다. 조개껍데기가 깔린 오솔길을 걷는 모습이, 창문을 통해 보였다. 작아지는 뒷모습에 다시 한번 "건강해야 해"라고 말을 걸었다. 닿지 않을 줄 알면서도 말을 걸었다.

그녀는 한 번도 돌아보지 않았다.

혼자가 되었지만, 외톨이라는 기분은 들지 않았다. 쇼마와 약속했기 때문일 것이다. 이 세상의 이야기를 많이 듣고 싶다고 아들은 말했다. 들려주고 싶은 이야기가 정말 많았다.

예를 들면, 연기에 대해서다. 쇼마는 구마가이가 배우였던 것을 모르고 죽었다. 무대에 선 모습을 본 적도 없다. 드라마에 나왔던 것도 이야기하지 않았으니까 아마 모를 것이다.

"우리 아빠는 세상에서 제일 멋지니까."

정말 멋있는 모습을 보여줘야겠다고 생각했다. 저세상에서 만났을 때, 쇼마에게 자랑하자. 배우라는 건 실력만 있다면 쭈글쭈글해져서도 무대에 설 수 있는 직업이다. 방송에 나오는 것만이 배우는 아니다.

지금 시작한 극본을 마저 쓰자. 그 극본으로 배우로서 무대에 복귀하자고 결심했다. 행인 역할부터 시작하자. 자신의 극단이지만, 실력으로 주역을 손에 넣고야 말겠다.

그렇게 결정하자 우물쭈물할 시간이 없었다. 이렇게 차를 마시고 있을 시간도 아까웠다.

"또 올게요. 다음에는 평범하게 식사하러 오겠습니다."

자리에서 일어나 가이에게 말했다. 또 오자고 생각한 것은 사실이다. 주인이 바뀌어도 고양이 식당은 좋은 식당이니까. 나나미 씨의 성묘도 갈 생각이다.

"감사합니다. 기다리고 있겠습니다."

"그럼 가보겠습니다."

고양이 식당의 밖으로 나서려 하는데, 꼬마가 울었다.

"냐아아."

무언가를 말하려고 하는 울음소리였다. 말하고 싶은 것이 있는 모양인데 구마가이는 알아들을 수가 없었다. 하지만 가이는 이해한 모양이다.

"이제 곧 고토코 씨가 올 텐데, 얼굴을 보고 가시면 어떨까요?"

추억 밥상의 예약을 부탁했으면서 고토코에 대해서 완전히 잊고 있었다. 구마가이는 잠시 생각한 뒤 대답했다.

"연습장에서 거의 매일 보고 있으니까, 굳이 그럴 필요 없을 것 같습니다."

무심한 것 같으면서도, 고토코는 의외로 예리하다. 게다가 죽은 아들과 만날 거라는 것을 알고 있으니 울었다는 것을 눈치챌 것이 틀림없다. 그것이 약간 부끄러웠다.

"알겠습니다."

가이는 어디까지나 침착하다. 연하라는 생각이 들지 않는다. 문득 장난스러운 마음이 생겼다. 이 조용한 청년을 당황하게 만들고 싶었다.

"좋아하는 여자에게 작별을 고하는 건 참 힘드네요."

고토코는 가이를 좋아한다. 배우로서, 극단의 대표로서 인간의 표정을 읽는 데는 자신이 있다. 그녀가 가이의 이름을 말할 때의 표정을 보고 알았다. 틀림없다.

하지만 가이가 고토코를 어떻게 생각하는지는 알 수가 없어서, 마음을 떠볼 생각이었다.

웃으며 얼버무릴 수도 있었을 텐데, 가이는 그러지 않았다. 갑작스러운 말에 당황한 표정을 보였지만, 곧 진지한 표정으로 돌아가 구마가이의 눈을 똑바로 보며 대답했다.

"그런 일이 없도록 조심하겠습니다."

이 대답으로 가이의 마음을 알았다. 서로 좋아하는구나. 구마가이가 입밖에 내어 말하지 않아도, 둘은 행복해질 것이다. 두 사람만의 속도에 맞춰서 행복해지면 된다.

"이것도 쓸데없는 참견이었군."

남의 연애에 끼어들 때가 아니다. 가이에게 인사를 남기고, 고양이 식당을 뒤로 했다. 꼬마가 배웅하듯이 울었지만, 돌아보지 않았다.

하얀 조개껍데기가 깔린 오솔길을 지나 인적 없는 모래 해변을 걸었다.

파도 소리가 들린다.

괭이갈매기가 울고 있다.

12월의 햇살이 눈부시다.

눈을 가늘게 뜨고 앞을 보자 고토코가 걸어오는 것이 보였다. 얼굴을 보지 않고 돌아갈 생각이었는데, 만나고 말았다.

고토코는 여전히 청초한 고전 미인 같은 얼굴이다. 구마가이를 알아보고 말을 걸어왔다.

"이제 돌아가세요?"

"응. 돌아가려고. 돌아가서 극본을 쓸 거야."

대답하면서 고토코를 주역으로 써보는 것도 재미있겠다는 생각을 했다. 물론 당장은 무리다. 아직 고토고의 연기력으로는 무대를 채우기 힘들다.

하지만 사람은 성장하는 법이다. 주연을 할 수 있는 때는 분명 다가온다. 유이토를 뛰어넘을 날도 올 것이다. 구마가이는 고토코에게 기대하고 있었다.

하지만 그 말을 하지는 않았다. 배우로 복귀하기로 결심했으니까, 주역을 목표로 하기로 했으니까, 고토코는 라이벌이다.

이겨도, 져도, 쇼마에게 들려줄 이야깃거리가 된다.

앞을 향한 것만으로도, 지금까지와 다른 경치가 보였다.

"인생이란 참 재밌어."

"인생······이요?"

고토코가 의아하다는 듯이 되물어왔지만, 자신이 겪은 일을 설명할 생각은 없었다.

"인생에 대해서는 가이 군에게 물어봐."

"아······ 네."

대답은 했지만, 납득하지는 못한 얼굴이다. 갑자기 들은 말이니 당연하다. 하지만 구마가이가 한 말에 거짓은 없다. 인생에 대해서는 좋아하는 사람과 이야기하면 될 테니까.

"그럼 갈게."

고토코에게 인사를 건네고, 모래 해변을 다시 걷기 시작했다.

"수고하셨습니다."

연습이 끝났을 때와 같은 인사가 등 뒤에서 들려왔다. 구마가이는 돌아보지 않은 채 손을 흔들고, 아무도 없는 모래 해변으로 발을 옮겼다.

고토코도 걷기 시작했는지, 발소리가 들렸다. 고양이

식당으로 향하는 그 소리는 곧 멀어져 들리지 않게 되었다.

바닷가 마을은 역시 조용했다.

모래를 밟는 자신의 발소리가 크게 들린다.

구마가이의 눈에서, 눈물이 흘러내렸다. 경치가 일그러져 보였다. 그래도 멈춰 서지 않고 앞으로 나아갔다.

고양이 식당,
행복 요리

Recipe

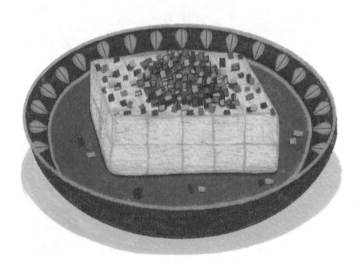

두부 된장 절임

재료(2인분)

- 두부 반 모
- 된장 3~5큰술
- 맛술, 간장, 설탕 적당량

만드는 방법

1 두부를 무거운 것으로 눌러서 두께가 절반 이하가 될 때까지 물기를 뺀다.
2 된장과 맛술, 간장, 설탕을 섞어서 절임용 양념장을 만든다.
3 2를 두부 전체에 고루 바르고, 키친타올에 두부를 올린다.
4 3을 랩으로 감싸서 냉장고에 넣는다. 지퍼백도 가능하다.
5 최소 하룻밤, 가능하면 이틀 정도 냉장고에서 절이면 완성.
6 먹기 쉬운 크기로 자른다.

포인트

된장, 맛술, 간장, 설탕의 양은 취향에 따라 조절할 수 있습니다. 만들기 쉬운 분량으로 시도해 보세요. 흑후추를 뿌려서 먹으면 더 맛있습니다.

삼겹살 가라아게

재료(2인분)

재료(2인분)
- 돼지고기 삼겹살(얇게 썬 것) 200그램
- 청주 2작은술
- 간장 1작은술
- 소금, 흑후추 적당량
- 다진 생강, 다진 마늘 적당량
- 전분(밀가루), 참기름 적당량

만드는 방법
1 돼지고기를 먹기 좋게 한입 크기로 자른다.
2 청주, 간장, 소금, 흑후추, 다진 생강, 다진 마늘을 섞어서 비닐봉지에 넣고 1의 돼지고기를 넣어 양념이 고루 배도록 주무른다.
3 프라이팬에 참기름을 붓고 뜨거워지면 2의 돼기고기에 전분(또는 밀가루)을 골고루 묻혀 중불에서 천천히 튀긴다.

포인트
얇게 썬 삼겹살을 사용하므로 적은 양의 기름으로 조리할 수 있습니다. 기름을 넉넉히 넣어 튀겨도 맛있습니다.

정어리 양념구이 덮밥

재료(2인분)
- 정어리 4마리
- 소금 약간
- 밀가루(박력분) 적당량
- 참기름 적당량
- 청주, 맛술, 간장, 설탕(물엿) 각 2큰술 정도
- 밥 2인분

만드는 방법

1 손질된 정어리의 양면에 소금을 뿌리고, 3분 정도 두었다가 키친 타올로 물기를 닦는다.

2 1에 밀가루를 골고루 묻힌다.

3 프라이팬에 참기름을 넣어 가열하고, 정어리의 겉면을 먼저 굽고, 노릇노릇하게 익으면 안쪽 면도 똑같이 굽는다.

4 청주, 맛술, 간장, 설탕(물엿)을 섞어 3에 넣는다.

5 2분 정도 지나 정어리에 양념이 고루 묻으면 불을 끈다.

6 그릇에 밥을 담고, 양념이 버무려진 정어리를 올려서 완성한다.

포인트

꽁치나 전갱이로도 맛있게 만들 수 있습니다. 취향에 따라 무를 갈아서 곁들여도 좋습니다.

마무리 카레

재료(4인분)

- 요세나베, 닭 백숙, 스키야키 등 먹고 남은 국물 있는 요리
- 시판 카레가루
- 간장 적당량
- 밥 4인분

만드는 방법

1 남은 요리의 건더기가 부드러워질 때까지 끓인다.

2 불을 끄고, 카레 가루를 넣는다.

3 다시 불을 켜고 카레 가루와 건더기가 잘 섞이도록 저으면서 끓인다.

4 간장으로 간을 맞춘다.

5 그릇에 밥을 담고, 4를 끼얹는다.

포인트

원하는 농도가 되도록 카레 가루의 양을 조절해 주세요. 간장을 넣기 때문에 카레는 적게 넣는 편이 나트륨을 적게 섭취할 수 있습니다.

고양이 식당,
행복 을 요리합니다

초판발행 2023년 5월 20일
1판 7쇄 2024년 9월 10일

지은이
다카하시 유타

옮긴이
윤은혜

기획
조성근, 권진희
최미진, 명선효

편집
최미진

디자인
권진희

표지그림
임듀이

마케팅
조성근, 명선효
이승욱, 왕성석, 노원준
조성민, 이선민

ⓒ다카하시 유타

펴낸이
엄태상

펴낸곳
(주)시사북스

등록번호
제2022-000159호

등록일자
2022년 11월 30일

주소
서울시 종로구 자하문로 300
시사빌딩

전화
1588-1582

이메일
emptypage01@sisadream.com

ISBN
979-11-982882-1-9 03830